Zoltan

Du même auteur

Romans

Sarah… Pour mémoire, Gill Wern Editions, 1996

Tes absents, tu nommeras…, éd. L'Harmattan, 2013

Au nom des oiseaux, éd. Donjon éditions, 2022

Entretiens

Entre Orient et Occident - de la complexité du monde, éd. L'Harmattan, 2013

Sarah Oling

Zoltan

Roman

Éditions Fables fertiles
18, rue de la Marne
95460 Ézanville

4ème trimestre 2023
www.fablesfertiles.fr

Remerciements

À la genèse de *Zoltan*, il y eut les éclaireurs, jusqu'à ce magma incandescent venu de plus loin que ma propre existence. L'écriture, le travail d'épure, avancèrent, précisant bien des états de mon rapport au monde.

Merci à mes amies, à mes lectrices inspirées et inspirantes Christine Slon et Brigitte Misset, présentes aux premiers temps de ce tapuscrit encore sans titre.

Remerciements et gratitude infinie à Guylian Dai, mon éditeur, qui reçut en juillet 2022 une trentaine de pages envoyées telle une bouteille à la mer. Nos échanges débutèrent autour de ce qui n'était à l'origine qu'intuition de sa part à propos de ce récit en construction. S'ensuivirent des mois de travail exigeant, intense, sans concession, avec celui que je nomme « le prince de la maïeutique », jusqu'à faire advenir dans mon écriture, à partir de ce qui n'était qu'instinct, l'émergence d'un récit dense.

J'adresse enfin mes plus vifs remerciements à Yasmina Khadra. L'homme a acté de notre rencontre d'âme à âme, et l'écrivain m'a réservé l'honneur, sensible et généreux, de sa lecture de *Zoltan*, lui offrant une sublime quatrième de couverture.

Sarah Oling, le 26 juillet 2023

Prologue

Il était assis juste au-dessous du tympan de l'abbatiale de Conques, ce jour maudit de notre rencontre. Était-ce Soulages qui l'avait inspiré ? Voulait-il, lui aussi, incarner la force sublime du noir ? Se fondre ? Se confondre avec les vitraux ? En eux ? Disparaitre à sa coutumière manière ?

De cela, je ne savais rien encore.

Vêtu d'un habit de sombre lumière, une écharpe de soie grise nouée en lavallière se soulevant légèrement sous la brise matinale, et ce visage… Visage nivéen résorbant toute la brume alentour. Sidérant de beauté et de grâce. Fascinant.

Il était là, le piège. Il était le piège.

La première fois que je le vis… Dieu ! … j'en frémis encore. Il avait cette expression indéfinissable, hors du champ du défini, précisément.

Sulfureux, mystérieux.

L'idée même de l'inquiétude sourde qu'il faisait naitre chez quiconque dès le premier regard ne m'avait pas troublée.

De toute éternité, il était entendu qu'il m'attendait, moi, et aucune autre que moi.

La raison même de mon existence n'était-elle pas de le rencontrer ?

Et le piège se referma.

Évoquer notre rencontre ? Mais comment vous faire comprendre ?

Imaginez, un instant. Imaginez cette scène. Imaginez encore, moi. Moi, telle l'actrice d'une représentation à qui l'on aurait omis de remettre le texte. Moi, venue en répétition avec cet Autre en vue de donner un concert d'orgue le soir pour les Pères Blancs.

Je suis étudiante organiste.

Lui, je l'ai dit, était assis sous le tympan, placé juste au-dessus de sa tête, telle cette allégorie non encore révélée de la Pesée des âmes.

Et l'abbatiale, imposante, déserte, sous le disque froid d'un ciel de février. Et cette pierre glaciale dont il avait fait son trône provisoire.

Lui, dans l'incandescence. Le gel et le feu, réunis.

Imaginez encore, un instant. Il me souriait, de ce sourire-là. Juste pour moi, ce sourire.

Lui savait ce que je devais ignorer. Il était le maître du jeu, lui. *Lui*... Je ne l'avais pas perçu comme réellement inquiétant, alors. Vous pouvez comprendre ? J'étais si jeune lors de notre première rencontre...

Du plus loin que remontaient mes souvenirs, jamais auparavant je n'avais vu un tel visage que des sillons dessinant des formes énigmatiques parcouraient. Les paupières étaient abaissées, les commissures des lèvres relevées.

Il me fit signe de m'asseoir à côté de lui sur une des marches. Il était part intégrante de la partition qui se déroulait là, ce jour-là, sous la Pesée des âmes.

Comme cet Autre.

Ce qui se passa entre nous le jour de mes dix-sept ans allait bouleverser l'ordre de notre monde.

À la première seconde où je croisai son regard, il était déjà trop tard. Je n'étais qu'un pion dans ce scénario, majeur dans l'instant, mais appelé à disparaitre.

Telle était sa volonté.

Mathias en son royaume

Lyon

Un jeune homme blond est assis sur le parvis du Temple du Change. Posés près de lui, tout un fouillis d'objets de vie. Jeu de cartes, dés, gobelet, balles qu'un chien noir et blanc pousse avec l'une de ses pattes avant. Deux d'entre elles roulent doucement, glissent de marche en marche. En totale vacuité, le jeune homme suit leur mouvement qu'il habille de notes de flûte à bec. Il n'y a personne sur la Place. Saint-Jean, au petit matin, s'appartient encore.

Puis il l'entend rire, avant même qu'elle ne devienne visible. Elle approche de lui. *Attendrir. Amuser, l'amuser, la faire rire, encore.* La capter un peu, juste quelques instants. Et fuir. Ailleurs. Un ailleurs à conquérir, séduisant des promesses non encore prononcées.

Depuis près d'un an pourtant, Mathias, qui s'est fait un royaume autour de la Place du Change, se dit parfois qu'il doit « se remuer », lorsque la violence de l'ennui le saisit, insuffisante cependant pour le pousser à partir à la recherche d'un nouveau domaine.

Joker tient parfaitement son rôle de chien fou, qui, d'un bond, atterrit tout droit aux pieds de la rieuse. Son maître ne tente même pas d'imiter un semblant d'autorité et le rejoint. Laure, car elle s'appelle Laure, cette jeune fille joyeuse, répond à l'invitation de Mathias. Elle accepte de le suivre un instant sur la plus haute marche de son territoire. Voilà ! Je m'appelle Mathias et lui, l'idiot qui s'est jeté sur toi, c'est Joker. Cette place, c'est ma maison.

— Ta maison… Tu vis ici ? Avec ton chien ? Dehors ? Tu n'as pas de famille ?

— Pas de famille, pas de toit. Je vis au soleil et je dors bercé par la lune. Et quand il pleut, je me réfugie sous le porche du temple. Je suis bien… Ni maître ni patron pour me donner des ordres. Et puis je ne suis pas quelqu'un qu'on enferme. Sinon je me sauve. Je fais des tours de cartes aux touristes, la manche aux terrasses le soir. C'est presque ma famille ici. Je ne meurs pas de faim et Joker et moi, on est libres ! Et toi ?

Bavardage léger à l'image de l'esprit de Mathias. Ne rien suggérer, ne rien vouloir. Mathias se veut l'artisan de sa propre histoire. Laure, toutes les Laure sont des bulles fragiles traversant un instant l'espace de ses journées et de ses nuits. *Hier, demain* : ces notions ne sont pas de mise, encore. La mise, c'est ce rapport ludique avec le temps et l'espace qui, pour Mathias, sont à la fois le manque et la somme de tous les possibles.

Exempt de réflexion élaborée, Mathias n'est que sourire et grâce.

Chaque jour, une autre Laure, bon public comme celle de la veille, traverse la place du Change, percute un instant l'espace-temps de Mathias, donne corps à ses facéties et matière à vivre jusqu'au jour d'après. Jour d'après sans plus de sens que celui l'ayant précédé.

Pourtant, ce jour-là, celui de cette Laure-là, sera différent de tous les autres. Mathias a passé une mauvaise nuit. Il est fatigué, préoccupé, même. Pour une fois, il a laissé ouverte une porte de son esprit, qu'il prend pourtant soin de claquemurer dès qu'un semblant de mélancolie le saisit à la gorge. Le regard de Laure s'est posé sur lui avec une intensité qu'il a ressentie comme dérangeante.

Il est sale. Ses vêtements ne méritent qu'un abandon immédiat. Jamais, auparavant, son apparence ne l'avait préoccupé. Les jours d'abondance, Mathias se rendait dans la boutique indienne, rue Saint-Jean, et en ressortait transformé, vêtu de neuf. Mais depuis plusieurs semaines, les touristes se sont montrés peu généreux.

L'hiver arrive et avec lui, l'urgence de trouver un lieu ami où se réfugier avec Joker.

Pourquoi est-il incapable de mettre en place sa coutumière stratégie de séduction ? Pourquoi cette Laure aux yeux lumineux l'a-t-elle si intensément mis à nu ? Elle n'est qu'une passante, éphémère par essence. Une figurante, au même titre que toutes les autres. Ainsi devait-elle s'inscrire dans la traversée du nuage Mathias... Et personne n'a jamais su retenir un nuage !

Il se tient là, les yeux plongés dans la lumière de ceux de Laure, profondément bouleversé, ne pouvant comprendre cette émotion si forte et si soudaine.

Elle l'oblige à s'incarner dans une réalité bien trop tangible. Cette réalité-là, il ne la reconnait pas comme sienne. Alors il veut s'en échapper par l'une des cartes de ce jeu dont il croit être Grand maître : l'inconstance.

Ne plus être exposé à ce regard troublant. Ne plus penser. Surtout ne plus penser.

Mathias, figeant Laure sur place, dévale les marches en jonglant avec trois balles et s'en amuse quelques instants.

Le serveur du café appuyé à la Maison Thomassin vient juste d'installer sa terrasse. Mathias a traversé la place. Il monte sur une chaise et poursuit ses pitreries devant le serveur, qui lui sourit. Joker cesse de bondir aux pieds de Laure et vient rejoindre son maître. Ce temps d'un ballet est clos.

Soudain, la jeune fille se décide à mettre fin à cette comédie. Sans un regard, elle s'éloigne par la rue Lainerie.

Joker avise un instant la jeune fille, se relève en frétillant de la queue. Puis il considère son maître, et se rassoit. Mathias a arrêté ses cascades, retrouvé son équilibre. Il s'est assis sur la chaise après avoir accepté le café que le serveur lui a proposé de prendre. Il est en larmes mais semble n'en avoir aucune conscience. Il ne cherche pas à dissimuler son visage, ni même à canaliser le flot subit qui s'échappe de ses yeux.

Une femme âgée, assise à une table face à la sienne, l'interpelle :

— Je vous observe depuis un moment déjà... Pourquoi cette tristesse soudaine, jeune homme ?

— Vous n'avez rien de plus intéressant à faire ? lance Mathias à l'impudente.

Il la regarde, puisqu'elle s'impose à son regard. Elle est menue. Cette interférence posée avec élégance sur la chaise en fer est menue. Menue et gracieuse. Elle est vêtue d'un tailleur blanc. Joker est venu à elle et elle caresse sa tête d'une main – l'autre est étendue sur un carnet ouvert posé sur la table. Elle sourit au jeune homme. Sur son visage parsemé de fines lignes de vie qui s'entrecroisent se dévoile un sourire qui fait monter une telle lumière que Mathias détourne un instant les yeux. Il se lève, avance d'un pas jusqu'à la toucher, presque. Elle sourit toujours et lui fait signe de s'asseoir en face d'elle. Il n'esquive pas. N'esquisse étonnamment aucune tentative de fuite. Il s'installe face à cette affable et douce inconnue et se dissout dans les effluves de rose dégagés à chacun de ses mouvements, concédant un instant de perte de contrôle.

Mathias en son royaume vient de nouer avec son premier défi depuis bien longtemps.

Elle lui dit s'appeler Madeleine, être écrivain, « un peu », âgée, *très*, à ses yeux à lui. Elle a du temps à lui consacrer et ce serait bien qu'ils en profitent. « Le temps est un cadeau précieux. » Et ce cadeau, c'est avec lui, précisément, qu'elle veut le partager en cet instant.

Pourquoi ?

Le jeune homme ne comprend pas vraiment ce que Madeleine lui raconte. Il entend juste qu'elle lui veut du bien et pour une fois, il ne s'agit pas d'une jeune fille éprise de désir de possession. Elle n'a pas l'air de vouloir autre chose que l'écouter. Il lui adresse quelques mots un peu mieux intentionnés et s'en étonne.

Soudain, une houle l'emporte. Et il raconte, se raconte, s'engouffre. Les mots déboulent, se bousculent, dévalent, effritent les murs épais de sa forteresse de silences. Les secrets dérisoires, les petits travestissements avec la vérité, la fuite en avant, de ville en ville, de Laure en Laure, il veut tout dire, maintenant, à elle, précisément à elle, qui ne lui demande absolument rien. Joker, couché sur les délicates chaussures blanches de Madeleine, s'est endormi.

Les mots de Mathias composent des phrases qui bâtissent des passerelles, nomment sa détresse puis la traversent pour aller de l'autre côté de son univers, à la rencontre de Madeleine.

Il a si peu lu, si peu appris, que parler autrement qu'en toute légèreté l'effraie toujours. Il sait qu'il trahit, *se* trahit devant Madeleine, mais tout en elle appelle la confidence.

Depuis quand n'avait-il pas ressenti une telle puissance d'écoute, d'intérêt ? Il détourne le regard, elle lui tend la main.

Tout autour d'eux, la Place du Change est parcourue de long en large par des silhouettes qui, dans un bruissement de langues, interprètent une étourdissante partition. Madeleine et Mathias, eux, ne les voient pas, ne les entendent pas. Sujets de regards furtifs, ils se font face, toujours.

Une très vieille dame en tailleur blanc, un chien couché à ses pieds, une main dans celle d'un jeune homme sale qui ne cesse de parler, les yeux perdus dans le vague : la scène ressemble à une composition théâtrale et pourtant, ces deux êtres-là ne jouent pas. Ils se rencontrent. Et dans ce moment de la rencontre, un seul élément est convié, la lumière. Une lumière qui n'éclaire qu'eux – incandescence déployant une palette sublime d'or et de pourpre.

Madeleine détache enfin son regard de celui de Mathias. Il vacille, comme si la puissance invisible qui l'avait arrimé au regard de Madeleine venait soudainement de le rendre à sa réalité terrestre. Alors, sans y songer, il reprend sa main, la caresse doucement de son autre main, la respire même, puis se lève, mais, l'instant d'après, se retrouve genou à terre devant elle. Elle éclate de rire, repousse sa chaise et se lève à son tour, réveillant instantanément Joker, lequel s'en va bondir à la poursuite d'un papillon. Lui, à terre, elle debout. Mathias, fragilisé, se secoue un instant comme pour chasser toute faiblesse résiduelle et redevenir maître du jeu, se déplie littéralement jusqu'à la dépasser de nouveau.

Il la toise. Elle, toute petite, lève les yeux vers lui, et lui, ce géant qui flotte dans ces vêtements épuisés d'avoir été tant négligés, tente un sourire pour recréer cet espace magique d'avant cette déroutante mise à nu. Un touriste les photographie, un petit groupe se forme autour d'eux. Ils ne s'aperçoivent encore de rien.

Joker, que le serveur tente d'arrêter, fait voler en éclats la bulle dans laquelle ils s'étaient un instant laissé enfermer. Accroché maintenant à l'une des jambes de son maître, il aboie joyeusement et provoque la chute de Mathias aux pieds de Madeleine. Lui qui tombe, elle qui rit, de nouveau. Madeleine demande au jeune homme de se relever, de lui prendre le bras et de le suivre. Confus, mais armé du sentiment d'être libre de ses actes et de ses pensées les plus folles – libre de se croire libre –, Mathias ne voit dans l'instant rien de mieux à accomplir que de la suivre.

Écartant les curieux d'un foudroiement du regard, le bras de cette si frêle presque inconnue accroché au sien, Mathias prend possession des pavés de la rue Saint-Jean. Pour la première fois de sa vie, il se sent investi d'une autorité – d'un pouvoir, même – qu'il accueille avec fierté. Madeleine est sous sa protection. Les épaules enfin redressées, Mathias fanfaronne, siffle Joker, fait de grands gestes de la main, accroche une jeune fille en lui souriant. Il se sent exister si fort qu'il ne se préoccupe plus de Madeleine. Il oublie le bras qui la relie à elle. Un pas de trop, et voici Madeleine qui trébuche. Mathias perd brusquement tout son aplomb et bredouille de pauvres excuses, les yeux à nouveau baignés de larmes. Puis il glisse sur le sol. Au droit de cette position presque humiliante, elle debout, lui à terre, il s'adresse soudain à elle d'une voix tonitruante :

— Madeleine, il faut me laisser ! Rien à attendre d'un type comme moi, croyez-moi, je sais ce que je dis. On est pas du même monde. Madeleine, oubliez-moi, je sais pas faire avec la gentillesse. Madeleine, partez ! Je dois retourner sur la Place du Change, il est midi et j'ai encore rien gagné. J'ai besoin d'argent pour Joker et moi. On n'a rien à faire ensemble. Vous avez personne d'autre à embêter ? Vous perdez votre temps avec moi. Arrêtez de me sourire, de me regarder, même ! Je comprends pas ce que vous voulez de moi. Moi, c'est les jeunes filles qui m'intéressent, vous voyez ? Allez ! Rentrez chez vous maintenant.

Madeleine ne cesse de le regarder et de lui sourire. Elle lui tend la main, sans un mot. Mathias baisse un instant les yeux, puis poursuit :

— Vous êtes qui, d'abord ? Ma conscience ? On m'a toujours dit que j'en avais pas. Vous êtes pas de ma famille non plus. Je viens de l'Assistance publique. Puis arrêtez de me reprendre quand je parle ! J'ai pas été dans vos universités. Alors, quoi ? Vous êtes assistante sociale ? Vous récupérez les jeunes dans la rue ? On me met pas en cage, moi, vous savez ! Et puis j'ai vingt ans, je suis majeur. J'étais si content de vous rencontrer, vous gâchez tout, là !

Ignorant la main tendue, Mathias se relève, réajuste son sac à dos sur ses épaules et se retourne pour partir. Madeleine avance d'un pas, le prend par les deux bras et l'oblige à lui faire face de nouveau.

— Pourquoi as-tu soudain si peur de moi, petit ? Regarde-moi bien ! Je suis une vieille dame de soixante-dix ans. Pourquoi en voudrais-je à ta liberté ? Je me suis intéressée à toi parce que tu m'as intriguée et peinée. Tu pleurais, souviens-toi, tout à l'heure. Tu pleurais comme un enfant, sans cacher ton chagrin. Connais-tu le sens du mot « fraternité », Mathias ?

Mathias semble enfin se détendre. Il regarde Madeleine avec une douceur étonnante, tend la main et lui effleure la joue puis recule pour l'embrasser encore du regard. Des passants les frôlent, les contournent. Eux se réapprivoisent.

Il lui dit qu'il n'a pas peur d'elle. Simplement, il n'est pas habitué, c'est tout, aux vieilles dames, ni à la bonté. La fraternité, non, il ne sait pas vraiment ce que cela signifie dans son langage à elle. Il veut bien apprendre un peu d'elle. La suivre. La suivre sans questions, pourquoi pas ? *Pour l'instant...* Il est rebelle, il ne faut pas qu'elle lui en veuille. Devant elle, il ne sait pas comment se comporter.

Elle lui prend le bras. Cette fois-ci, il ne la fera pas trébucher. Il le lui promet. Elle rit, de ce rire léger, de ce rire qui commence à lui devenir familier.

Origines et commencement
(Bereshit)

Mathias et Madeleine ainsi que Joker, docile dans leurs pas, entament la Montée du Gourguillon. Le couple vient de reprendre des forces en buvant un chocolat chaud au *Café du Soleil*, juste à l'angle de la rue Saint-Georges et de la Montée. D'un pas assuré, Madeleine, son bras niché au creux de celui du jeune homme, l'oblige à accélérer la cadence. Elle lui assure qu'ils arrivent. Ce lieu semblant si important pour elle n'a aucun sens pour Mathias. Comme depuis les premiers instants de leur singulière rencontre, il n'a rien cherché à savoir. Pas de questionnement stérile, pas d'attente particulière. Une présence-absence. Il espère juste un peu d'étonnement. Un instant de plaisir peut-être, quoiqu'il doute fortement que cette délicieuse vieille dame le conduise à une fête. À quoi bon anticiper ? vouloir se projeter ? Mathias n'est pas dans le mouvement du monde, n'a de comptes à rendre qu'à lui-même. Et s'il devait arriver qu'un soir il ne sache ni où dormir, ni comment trouver de quoi nourrir Joker et lui, il commencerait à s'en inquiéter, peut-être. Mais jusqu'à présent, il y eut toujours une Laure pour veiller sur ces basses préoccupations Jusqu'à présent... Est-ce le chocolat ou le sourire de Madeleine qui embrume en lui toute tentative de réflexion ? Mathias sourit innocemment à son tour. Un nouvel air, distrayant, souffle sur sa légèreté retrouvée. Il se sent heureux.

La maison imposante de la Montée devant laquelle ils viennent de s'arrêter porte le numéro 2 et donne, à qui la regarde, l'impression d'être figée dans le temps. Des fenêtres encadrées de larmiers rythment la façade. Mathias remarque, amusé, les animaux étranges qui ornent chacun des culots. Un peu plus haut sur la gauche, il aperçoit une impasse très sombre. D'un côté, des galeries à pans de bois datant du Moyen Âge, de l'autre, la maison en pierre taillée fière et noble qui semble conçue pour apprivoiser le soleil. Ombres et lumière sont intimement mêlées au ciel, d'un bleu pur, ce jour-là. Du côté de l'impasse, le mur, rongé par l'humidité, est couvert de mousse. Sur la montée, les rebords des neuf fenêtres accueillent des jardinières de fleurs rouge et bleu.

Madeleine ignore le lourd heurtoir en forme de tête de lion et sort de son sac une grosse clef. La porte s'ouvre avec une étonnante docilité. Mathias franchit le seuil, Joker collé à sa jambe, oreilles basses. Une douce odeur de cire et de rose les enveloppe. Le jeune homme marque un temps d'arrêt. Madeleine ne sourit plus. Au pied d'un escalier de marbre rose, elle se retourne vers lui et lui demande ce qui l'effraie encore. Quelqu'un est là-haut, qui veut le rencontrer. Mathias secoue la tête, hésite encore à la rejoindre, puis avance. Joker aboie, le dépasse, fonce dans les escaliers. Quelques instants plus tard, le chien semble avoir été avalé par la maison. On ne l'entend plus.

Puis Mathias se sent dessaisi, perd le contrôle. Monter les marches. Suivre Madeleine et osciller entre curiosité et anxiété. Arriver au seuil d'un immense salon. Vaciller sous le regard d'une dame si peu semblable à la délicieuse personne rencontrée quelques heures plus tôt. Entendre une voix qui, bientôt, lui deviendra nécessaire.

Pour cette autre qui l'attend, il n'est encore que la *première lame*. Une lame maladroite peu assurée, non nommée.

Elle se tient là, droite et solennelle, dans ce fauteuil couleur pourpre au velours lustré par le temps. Vêtue d'une longue robe de soie rouge, les épaules couvertes d'une étole bleu nuit, elle dévisage Mathias. Madeleine l'a rejointe et lui tend un grimoire. D'un geste, elle lui enjoint de s'asseoir sur un fauteuil face à elle. Mathias chute.

Il attend. Qu'attend-il ? Une réponse ? Elle lui dit s'appeler Irina de Veuveselle mais précise que tout le monde la surnomme « La Papesse », et cela depuis si longtemps qu'elle en oublie presque son nom originel. Madeleine est sa secrétaire particulière et son amie, aussi. Elle vit ici depuis plus de quinze ans. En une époque lointaine, lorsqu'elle avait l'âge de Mathias, elle voyageait beaucoup avec son frère Aurélien. Ces temps sont révolus.

La maison est immense. Irina de Veuveselle aimerait héberger Mathias quelques jours. Celui-ci veut savoir comment elle peut connaitre son prénom. Une interrogation, enfin. Solennelle, elle répond qu'elle est celle qui sait. Elle doit transmettre un savoir à Mathias. Le mettre en chemin. Fardée d'un sourire entre éclat et retenue presque inquiétant, elle ajoute qu'il est temps pour lui de déposer la première carte. Et de rencontrer la suivante.

« La première carte ? la suivante » ? Mathias se dit que ces deux femmes sont vieilles, très seules aussi et un peu dérangées, peut-être. De cartes, il ne connait que son jeu de tarot de Marseille. Et de se souvenir de cette passante un peu bohémienne, de leur nuit, si douce. Au petit matin, juste avant de le quitter, elle lui avait tendu une boîte très colorée en lui racontant que toutes les Laure adoraient qu'on leur tire les cartes. Elle était restée, un peu, à sa demande, afin de lui enseigner comment leurrer son public. « Il suffit d'écouter », lui avait-elle dit, de faire parler un peu sa victime, puis de se lancer dans une brillante interprétation des lames, semblant toutes révéler des bonheurs à venir. Excellent moyen de gagner quelques euros, mais aussi de séduire.

Madeleine, cependant, et cette Irina de Veuveselle se faisant appeler « la Papesse », ne l'ont tout de même pas fait venir pour son jeu de cartes ! Il les regarde. Ils se regardent. Elle, en attente de son bon vouloir, lui, mal à l'aise. Maladroit et un peu dépassé, il fouille dans son sac, en extrait son jeu de cartes, se lève et s'approche d'Irina et de Madeleine, prêt à leur remettre ce qu'elles ont l'air de lui demander. Toutes deux se mettent à rire, d'un rire si léger qu'il surprend Mathias.

— Nous n'en voulons pas à votre jeu de cartes, jeune homme ! La première carte dont je vous parle, c'est vous ! Vous êtes le bateleur du tarot. Vous connaissez la signification de la première lame de votre jeu ? Non ? Mais que vous a transmis votre initiatrice ? Elle ne vous a donc appris qu'à faire illusion pour gagner quelques euros ?

— Je ne comprends rien à ce que vous dites, Madame. C'est quoi, cette histoire de bateleur ?

Mathias a extrait de son jeu la première lame et la tourne entre ses doigts.

— C'est vrai que ça me ressemble un peu, ce dessin. Un jeune homme blond qui fait des tours et tient une sorte de bâton de la main gauche. Sauf que je n'ai pas d'épée sur moi et que je ne porte pas de chapeau de... bouffon. Enfin, si vous voulez que je sois le bateleur du jeu, moi je m'en fiche.

— Qui êtes-vous, Mathias ?

— Comment ça, « qui je suis » ? L'enfance, mes parents, tout ça ? Mais alors, vous êtes comme tous les autres ? Vous avez du temps à perdre... Je suis né à Nice un 27 juillet d'une mère qui n'a pas voulu de moi et bla, et bla ! C'est ça que vous voulez entendre ? J'aime pas raconter ma vie ! Mais *vous*, c'est différent, apparemment... Vous devez être en manque d'exotisme, en recherche de frissons, au contact de ce pauvre enfant de la balle de la DDASS... Trop pressées d'entendre parler de ses riches demeures, des foyers. Vous voyez, ça me rend triste, en fait !...

Mal à l'aise sous le regard de cette femme impressionnante de dignité, Mathias ne cesse de bouger, avant de s'arrêter un instant de parler, les yeux dans le vague, attendant peut-être qu'elle l'interrompe. Puis, dans un torrent de mots, il reprend le cours de son histoire passée.

— J'étais pas bon à l'école. J'ai un peu appris à travailler le bois et à dessiner. Mais j'aime pas qu'on me donne des ordres, ni être enfermé. Alors oui, j'ai eu beaucoup d'ennuis avec les éducateurs. Il y a trois ans, j'ai quitté mon dernier foyer à Rodez et je suis parti à Conques. Là-bas, il y avait un vieux monsieur chez qui j'avais passé des vacances. Il habitait une petite maison avec un jardin, juste en dehors du village. Il a bien voulu me prendre chez lui. Je lui rendais de petits services en échange de la nourriture et d'une chambre. Il m'a appris comment jardiner, comment faire pousser des fleurs, puis les dessiner. Il savait tailler la pierre, sculpter, il m'a laissé travailler sur des fontaines qu'il rénovait. J'avais le droit d'entamer la pierre, et lui terminait après moi. Il m'a donné des cours d'astronomie, appris à jouer de la flûte. C'est lui qui m'a donné Joker, mon chien. Il me disait que j'avais des dons d'artiste. On passait souvent nos journées devant l'abbatiale à observer les personnages sur le tympan. Le soir, il me donnait du papier et des fusains et je reproduisais ce que j'avais vu. Je crois qu'il m'aimait.

Le jeune homme semble profondément ému. Il se lève, s'approche d'une fenêtre, puis poursuit son récit, le dos tourné :

— Un matin, je l'ai trouvé mort dans son lit. Une femme que je ne connaissais pas est venue et m'a chassé. Alors, je suis reparti sur les routes avec la flûte qu'il m'avait taillée, et Joker. Tout ce que je sais faire, c'est le vieux Joseph qui me l'a appris. C'est le premier qui m'a fait comprendre que je pouvais faire quelque chose de beau avec mes mains. Il me manque.

Mathias, à nouveau perdu dans ses pensées, est brusquement interrompu et sursaute.

— Mathias, Mathias !... s'écrie Irina. Comprenez-vous mieux, maintenant ? Votre ami Joseph vous a mis sur le chemin. Je connaissais Joseph. J'étais conservatrice du Musée de Conques. J'y suis restée vingt-cinq ans. J'habitais rue Charlemagne, pas très loin de sa maison. Vous vous souvenez du grand bassin au centre du cloître ? Joseph Capelette en était l'un des restaurateurs. C'est ainsi que nous nous sommes rencontrés. Nous avions le même âge, lui et moi. C'est lui qui m'a initiée à tous les secrets de l'abbatiale. C'était un homme sage. Mon frère Aurélien, qui est prêtre, m'a rejoint pour prendre ses fonctions à la paroisse Saint-Jean du Vallon à Rodez dont dépend le foyer où vous viviez, Mathias. Nous sommes devenus très proches, tous les trois... Trois célibataires inspirés par la spiritualité, le mystère de la connaissance. Aurélien et Joseph sont partis ensemble, à pied, à Compostelle. Mais il a dû vous raconter cela, n'est-ce pas ?

Mathias blêmit. Il s'apprête à interrompre Irina, qui l'en empêche d'un geste de la main.

— Laissez-moi terminer, jeune homme, je vous en prie. La patience est une vertu qu'il vous faudra cultiver. J'ai quitté Conques parce que j'avais atteint l'âge de la retraite et que mes parents nous avaient laissé, à mon frère et moi, cette maison en héritage. Aurélien est resté quelques années de plus, puis il est parti vivre à Jérusalem. Il me manque beaucoup. C'est à Conques également que j'ai rencontré Madeleine. Elle était en résidence dans une maison qui accueillait des écrivains et passait son temps au musée pour effectuer des recherches. Elle a écrit un livre remarquable sur la vie de la Confrérie des Pénitents Bleus. Notre solitude et notre passion pour l'abbatiale et ses secrets nous ont tous rapprochés. Et pour revenir à votre protecteur, Joseph, peu avant sa mort, m'avait écrit pour me parler de vous. Et vous avez raison, il vous aimait. Il vous savait sans repères et m'a demandé de veiller sur vous après son départ. Et comme il voulait que vous commenciez seul le chemin, il ne vous en a rien dit. Vous souvenez-vous de vos soirées à parler du Vieux Lyon ? Il vous a fait dessiner chaque rue, chaque traboule, vous faisant promettre d'y venir un jour, qu'il y tenait parce qu'il avait vécu à Saint-Georges. Rien n'est hasard, mon petit. Je vous attendais !

Mathias se lève, les yeux brûlants de larmes, fait trois pas, puis se jette aux pieds d'Irina, posant lourdement sa tête sur ses genoux. La vieille dame échange un bref regard avec sa complice, puis elle pose délicatement ses mains sur les bras du jeune homme et y imprime une pression légère l'invitant à se relever. Elle se lève à son tour et quitte la pièce séance tenante, escortée de Joker sautillant joyeusement autour d'elle, prêt à bondir. Madeleine referme doucement la porte derrière elle. L'animal est resté tout près du pas. Il aboie faiblement.

* * *

Mathias se réveille en pleine nuit dans une chambre inconnue. Les murs silencieux absorbent toute vibration et il se sent soudain oppressé. Le jeune homme se lève, bute en jurant contre un guéridon enténébré et finit par trouver un interrupteur. La lumière advenue l'apaise. Il va s'assoir sur le lit et les souvenirs affluent. Mathias se remémore chaque mot prononcé par Irina, mais se dit que quelque chose ne va pas. Tout ne lui a pas été révélé, des liens entre Irina, Madeleine et Joseph, son vieux maître. Et d'ailleurs, pourquoi Joseph ne lui avait-il pas expliqué la raison de son obstination à lui faire dessiner des pans entiers du Vieux Lyon ? Pourquoi, surtout, abstraire la maison d'Irina de ces dessins ? De ses desseins ? Si toutefois ce qu'Irina de Veuveselle lui a confié est réel – si Joseph voulait vraiment qu'elle veille sur lui après sa mort –, il aurait dû lui parler d'elle au moins une fois, ou lui donner un début de piste pour la retrouver. Non, décidément, Mathias ne comprend pas et le fait de ne pas comprendre le percute prodigieusement. Il y a quelques heures à peine, il évoluait sans attaches – ce prix chéri de sa liberté, si légère. Le voilà maintenant plus vieux d'une gravité qu'il ne désire pas. Que faire de cet encombrant bagage désormais ? Comment revenir au temps d'avant, celui de sa folle insouciance ? Une violente colère le saisit. Ces deux femmes viennent de lui obscurcir son horizon. La colère est une émotion dont il a été préservé de bien longue date et il n'aime pas savoir ces pulsions enfouies remonter en lui.

N'ayant personne vers qui se tourner pour demander conseil, Mathias prend la décision de rester quelques jours, puisqu'Irina semble si étrangement y tenir ! Il espère mettre ce temps à profit pour tenter d'assembler les pièces éparses de leur trame commune. Rasséréné par cette sage décision, il se glisse dans le lit et s'endort, lumière allumée.

* * *

Une semaine. Une semaine entière se sera écoulée à écouter Irina. Une semaine à parler avec elle, longuement, de Conques, du vieux Joseph, du sens qu'il voulait donner à sa vie. Une semaine cloîtré presque en permanence dans cette imposante demeure bourgeoise, avec ces deux femmes si âgées qu'il aura pensé qu'elles avaient probablement oublié, depuis longtemps, que le temps pût passer. Quand il aura étouffé, Mathias sera parti quelques heures avec Joker explorer les rues du quartier. Son parcours mémoriel. Sous ses yeux renaissaient, en volumes et en perspectives, les dessins que son maître lui avait demandé de créer, là-bas, dans la maison de Conques, qui fut son unique îlot d'amour. La rue Saint-Georges, particulièrement, retrouvait ces traits d'une page affective où avait vécu Joseph Capelette. Cette rue qu'il avait arpentée si souvent sans lui prêter grande attention revêtait soudain une autre dimension. Chaque porte, chaque allée le rendait à ses longues soirées à parler avec cet homme si bon qui ne lui avait jamais voulu que du bien. Mathias vivait une révolution intérieure et cela le déstabilisait et le plongeait dans une profonde confusion mentale. Partagé entre la volonté de comprendre ce que lui voulait vraiment Irina de Veuveselle et son envie irrépressible de retourner à sa légèreté et à son inconstance, Mathias était bouleversé. Les Laure, légères et intemporelles, lui manquaient, et il pressentait que quelque chose d'irrémédiable était en mouvement dans cette demeure absente au monde.

Après s'être assuré qu'Irina et Madeleine se sont bien endormies, Mathias se livre, lors de la deuxième nuit et lampe de poche en main, à une exploration minutieuse de son domaine provisoire. Au rez-de-chaussée, en face de l'immense cuisine, il pénètre dans une sorte de débarras. Partout, des pierres à même le sol. Certaines portent les marques d'une première taille, d'autres sont encore brutes. Sur un vieil établi en fer, rouillé par endroits, un lion de pierre, patte brisée, semble attendre le démiurge qui lui redonnera forme. Posés à côté, un maillet, un ciseau et une gouge couverts de poussière. La gorge envahie de particules et le regard embrumé de larmes contenues, Mathias s'extrait prestement de la pièce. Cette première expédition s'achève lamentablement.

Revenu dans sa chambre et pour la première fois depuis son départ de Conques, il se laisse aller à ouvrir dans sa mémoire un chemin de nostalgie qui donne sur une équerre, un maillet, un ciseau, lesquels retracent cette trajectoire qui le mène au vieux Joseph et à ses paroles, tel un conte immémorial louant la noblesse de ces instruments sacrés. Combien de fois son maître lui avait-il fait prendre en main chacun d'eux, narrant l'histoire de cette longue lignée des maîtres tailleurs de pierre qui, avant lui, avaient tracé la voie, créé des chefs-d'œuvre comme l'abbatiale Sainte-Foy ? Mathias trouvait son maître un peu radoteur alors. C'était bien ennuyeux, toutes ces histoires de maîtres maçons. Lui ne voulait pas devenir cet apprenti obligé d'obéir en silence dans l'attente de pouvoir enfin devenir peut-être, à son tour, un maître respecté.

Et c'est ici, en ce lieu ardent d'un monde affectif ressurgi, que son corps est tout entier parcouru de l'intense vibration de l'œuvre de transmission opérée par Joseph Capelette. Il ressent soudainement cet amour de la forme idéale, la quête de l'œuvre à accomplir. Joseph était le premier à avoir esquissé, avec bienveillance, une voie pour lui. Il n'en avait alors rien perçu.

Se pourrait-il qu'Irina, elle aussi, ambitionne d'esquisser une voie semblable pour lui ? Comment ne pas se laisser envahir par le doute qui affleure ? Et voilà Mathias qui se promet d'être plus attentif – voire un peu plus patient. Il se dit que Madeleine et Irina, après tout, pourraient ne pas mériter tant de réticences de sa part et pense même, l'espace d'un instant, qu'elles n'agissent peut-être qu'en parfaite honnêteté. Mais quelques secondes plus tard, il nage en pleine confusion. Il ne sait plus à qui ni à quoi se raccrocher.

Dès le lendemain, Mathias avoua sa balade nocturne devant une Madeleine visiblement amusée et obtint – du moins le crut-il – l'explication du mystère qui l'avait tant bouleversé. Aurélien de Veuveselle, le frère d'Irina, conduit des recherches archéologiques à Jérusalem autour de l'emplacement du Temple de Salomon. Les pierres de l'atelier ont voyagé avec lui, dans la mesure où il poursuit ses travaux lors de ses rares séjours à Lyon, au grand désespoir de sa sœur, sommée de ne pas pénétrer dans son antre, sous prétexte de la préserver de la poussière soulevée par le maniement des outils.

« Et le Temple ? » Mathias est prié de « ne pas tout mélanger » : il peut poser toutes les questions qu'il veut mais doit d'abord apprendre à apprendre, dans l'ordre et la méthode. Deux notions qu'il ne maîtrise visiblement pas. Et s'il tient tant, dorénavant, à ouvrir une porte, il lui suffira d'en demander l'autorisation. Il est accueilli dans cette maison avec confiance et chaleur et il lui est demandé en retour de respecter quelques règles de bonne conduite.

Mathias a retenu la leçon. L'ensemble de la maison lui est ouvert tant qu'il s'engage à ne pas empiéter sur l'intimité de ses deux hôtesses.

Au troisième étage, en face de sa chambre, il a découvert un espace fascinant, une pièce emplie de livres. Des étagères courent de haut en bas des murs, croulant sous des ouvrages anciens. Le profond fauteuil en cuir d'un rouge vif, insolite, en ce lieu si compassé, l'a fait sourire lorsqu'il l'a aperçu pour la première fois. Il fait face à la fenêtre. Près du fauteuil, une table basse, elle-même encombrée de livres et de revues. Posé par terre, un téléphone, si poussiéreux qu'il laisse aisément imaginer qu'aucune main ne l'a touché depuis fort longtemps. L'endroit est apaisant, imprégné d'une odeur de tabac doucement sucrée. Mathias prend l'habitude de s'y rendre chaque soir, lui dont les seules lectures étaient jusqu'à présent cantonnées à des mangas et autres bandes dessinées, découvre un nouvel univers. Le premier livre qu'il commence à parcourir - certain de s'ennuyer rapidement - est un ouvrage sur la symbolique des cathédrales. Aux prémices de son incursion dans le monde sacré des Bâtisseurs, Mathias, décontenancé, ne peut s'empêcher de secouer la tête. Les mots n'arrivent pas à faire sens dans son esprit. Il s'applique à lire et à relire chaque phrase, la répétition créant un espace mémoriel qui lui renvoie en écho la voix de Joseph lorsque leurs soirées voyaient l'enseignement laborieux du maître se dérouler jusqu'à finir par faire sens pour l'élève. Il est captivé, mais point ne parvient à élaborer une réflexion autour de ces mots qui dansent dans sa tête. Joker se trouve à ses pieds, il le prend à témoin et donne tout son souffle à des envolées lyriques, à voix haute et précieuse déclamées :

— « *La matière sculpte autant l'Homme que l'Homme ne la travaille...* » Tu entends, Joker ? Attends ! J'ai mieux ! « *Placé comme un intermédiaire entre Dieu et le monde, le bâtisseur et Compagnon exprime sur terre le plan divin et sacralise ainsi la nature...* »

Mais l'amusement est de courte durée. Les premières tentatives d'approche de Mathias d'un monde du savoir se terminent dans l'impatience et la rage. Au troisième soir, alors qu'il s'apprête à maudire la bibliothèque et tout ce qu'elle contient d'un claquement de porte, le téléphone se met à sonner avec insistance, d'une sonnerie forte et fort désagréable au son métallique, abrasif. Surpris et dérangé dans son sommeil, Joker aboie, tout en tournant autour de l'objet de son tourment. Afin de se calmer, de calmer et faire taire son ami, Mathias se saisit rageusement du combiné qui délivre aussitôt une musique infiniment plus tranquille dans son oreille. Elle lui demande de venir au salon. Irina de Veuveselle. Jonglant d'insouciance avec deux mandarines prises à l'office, le jeune homme dévale les marches le conduisant à l'étage inférieur. Madeleine l'attend au pied de l'escalier. Elle le fixe d'un air sévère, puis, d'un geste ne laissant place à aucune contestation, l'enjoint à entrer dans le grand séjour. Mathias est un instant sidéré, puis, tel un enfant pris en faute, pénètre d'un pas timide dans le lieu d'une vaste pénombre que seule la lueur vacillante des bougies d'un chandelier posé sur un guéridon préserve de la nuit. Madeleine referme doucement la porte derrière elle. Mathias ne sait comment se comporter. Il reste là, collé à la porte. Spectrale, Irina de Veuveselle se tient dans l'ombre près d'une fenêtre, dos tourné. Le silence est devenu difficilement soutenable quand elle se décide à se retourner avec emphase, gagnant d'un pas lent, affecté, dans un chatoiement de tissus ondulants, son trône royal. Le geste hautain, elle fait signe au jeune homme de s'approcher et de s'asseoir à son tour. D'un pas hésitant, il rejoint le siège qu'elle lui désigne. Installé en face de son hôte, Mathias l'observe longuement dans l'attente qu'elle se décide enfin à lui expliquer pourquoi elle l'a convoqué à une heure aussi insolite. Le visage d'Irina se pare d'une dimension tragique sous l'éclat des bougies. Elle aussi, cheveux blancs tirés en un chignon austère et bouche fermée, mains posées sur ses genoux, le regarde. Elle, si âgée, tant hors du temps, et lui, dans l'impatience et le malaise. Autour d'eux, tout fait silence. Dehors, pas un bruit. Aucun pas ne fait résonner les pavés. Mathias ne cesse de bouger. Il se sent violemment agrippé par les prunelles inflexibles lorsqu'Irina, enfin, lève le temps suspendu, emplissant l'espace de la vibration de sa voix :

— Détendez-vous, Mathias ! Si j'ai interrompu votre lecture, c'est qu'il est temps pour moi de vous donner un nouvel enseignement. Madeleine m'a parlé de votre incursion dans l'atelier de mon frère. Je vous sais intrigué et inquiet de tout ce que vous découvrez dans cette maison. Je le conçois aisément. Vous avez manqué de repères, mon garçon, depuis le décès de votre maître Joseph. Il n'aurait pas aimé vous savoir aussi perturbé, lui qui était persuadé que votre curiosité naturelle vous pousserait à appréhender le monde plus sereinement.

Mathias lui soumet son explication :

— C'est que je suis habitué à vivre seul, vous savez. Joseph Capelette m'avait fait comprendre qu'on est toujours seul, dans la vie. Je savais qu'il allait mourir un jour. C'est pour ça que je ne voulais pas m'attacher à lui. Puis je suis passé de foyer en foyer. À chaque fois que je croyais qu'on allait m'adopter pour de bon, je m'enfuyais. Je sais qu'il ne faut pas s'attacher, sinon, on a mal. Vous me voyez perturbé, mais moi, j'étais bien, vous savez, tout seul, avec Joker. Un jour ici, un jour ailleurs. Mais depuis que Madeleine m'a fait entrer chez vous, je vis des choses qui me mettent mal à l'aise. Dormir dans un lit, à l'abri, manger à ma faim, tenir compte de l'heure. Ne pas faire de bruit, ne pas rire ni chanter. Pardon Madame, mais parfois, je voudrais m'enfuir. Je ne vous dérangerais plus et je ne serais plus dérangé.

— Pouquoi me demandes-tu pardon ? Voilà, je te dis « tu », peut-être te sentiras-tu plus à l'aise ici.

— Je m'explique mal. Ce n'est pas vous ou Madeleine qui me donnez envie de fuir, c'est moi. C'est quelque chose qui m'y pousse. C'est toujours pareil... Dès qu'on s'occupe de moi, ça fourmille dans ma tête.... J'aime pas dépendre des autres.

— Je comprends, Mathias, mais surveille un peu ton langage. On ne dit pas : « j'aime pas », mais : « je n'aime pas ».

— ... et *moi*, je n'aime pas qu'on me fasse la leçon comme à un enfant.

— D'accord... Écoute-moi attentivement, Mathias. Si je m'occupe de toi, ce n'est pas pour te dresser ou pour t'enchainer, mais au contraire pour te rendre vraiment libre. Plus tu possèderas de connaissances et plus tu verras la voie s'éclairer. Joseph avait raison lorsqu'il m'avais demandé de t'instruire : tu as tout en toi pour devenir un jour, toi aussi, un maître. Pour devenir celui qui enseigne. Mais il est temps de te mettre vraiment en chemin. J'ai certaines connaissances à te transmettre qui te seront précieuses avant que tu reprennes ta route. Acceptes-tu de rester trois jours de plus chez moi ?

— Ni Madeleine ni vous ne répondez à mes questions, Madame. J'ai l'habitude, mais tout de même...

— ... Tu peux m'appeler Irina. Ton premier enseignement, ce soir, sera de chercher à savoir si tu ne peux toi-même répondre aux questions qui te viennent. Mais d'abord, tu devras te demander si ces questions si importantes pour lesquelles tu ne trouves pas de réponses méritent vraiment d'être posées. Une fois que tu auras fait ce premier travail de réflexion, tu verras que tu possèdes en toi la clef de nombre de tes interrogations, et les questions deviendront souvent inutiles. Maintenant, il est temps que chacun d'entre nous prenne un peu de repos. Si tu acceptes de rester encore dans cette maison, nous nous retrouverons ici même, demain, à neuf heures.

Mathias se lève sans vraiment réfléchir, s'approche d'Irina et se penche pour l'embrasser, mais elle l'arrête dans son élan. Le regard absent, elle prend le front du jeune homme entre ses deux mains. Mathias se sent à la fois repoussé et retenu. Il se dégage doucement de la pression exercée, de cette proximité et de ce regard dérangeants. Il n'a plus la force, ce soir, d'être dérangé. Il la salue d'un sourire, lui dit qu'il la rejoindra demain, qu'il accepte de rester un peu, réaffirmant ainsi, comme il aime à croire, sa liberté d'être et de vouloir.

* * *

Trois jours venaient de s'écouler depuis sa convocation nocturne dans le salon d'Irina. Trois jours au cours desquels, strate après strate, il s'était vu dépouillé du peu de certitudes qu'il possédait.

Réfugié dans la bibliothèque, Mathias regarde par la fenêtre un chat couché au soleil à même les pavés de la Montée du Gourguillon. Il se retourne, s'éloigne pour aller s'asseoir dans le fauteuil devenu si familier. Joker agite la queue, content, simplement et toujours, de vivre au plus proche de son maître. Il pose sa tête sur les genoux de Mathias. Le jeune homme, sans vraiment le regarder, se lance alors dans un long monologue, une de ses mains caressant la tête du chien :

— Joker, nous allons partir d'ici. J'étouffe et je suis sûr que toi aussi, tu as envie de t'échapper. Tu veux que je te dise ? C'est sûr, il y a un truc pas clair ici. Irina me cache des choses. Puis pourquoi elle arrête pas de m'expliquer les cartes du tarot ? En plus, je comprends rien à ce qu'elle raconte. Pourquoi elle me parle sans arrêt du bateleur ? que je suis le bateleur ? Elle veut me présenter des gens. Elle dit que je les reconnaîtrai à leur lame de tarot, qu'ils me la montreront et que moi, je devrai leur monter ma lame. Qu'elle, elle est la Papesse, et que Madeleine comme moi sommes en route. Elles sont un peu allumées, toutes les deux, non ? En plus, elle me fait peur, Irina, parce qu'elle sait des choses que Joseph m'a déjà dit. Tu te souviens, toi, d'ailleurs, de Joseph, qui voulait toujours que je lise autre chose que mes B.D. ? Et des crises qu'il faisait, à cause de ça ? Il disait que j'allais tout gâcher, et je comprenais pas de quoi il parlait. Moi, j'aimais bien ma vie avec lui, c'était facile d'apprendre en le regardant. C'est juste lire qui m'énervait. Irina, elle dit des trucs flippants. Que Joseph m'a choisi, moi, et qu'il faut que je sois digne de lui. Mais choisi pour quoi faire ? Là, c'est le grand silence ! Elle me fait le coup de l'air mystérieux et me dis que je dois être patient, que je saurai un jour. De la tchatche, tout ça. Puis « un jour » pour moi, ça veut dire jamais. C'est maintenant que je veux comprendre. Elle m'a fait vraiment peur, Irina, hier, quand elle m'a demandé de lui dire ce qu'il y avait comme tableau au-dessus du lit de Joseph. Au début, j'arrivais pas à me souvenir. Et c'est revenu. Joseph, tu te souviens, voulait pas qu'on entre dans sa chambre. Avec la lecture – c'est vrai que je lisais pas assez –, c'est les seules choses qui l'énervaient contre moi. Parce que je fouillais partout. J'y étais entré dans sa chambre, un jour où j'étais malade et qu'il était allé chercher des pierres. Il t'avait emmené et je m'ennuyais, tout seul. Alors, j'avais ouvert sa porte, mais j'étais pas resté longtemps, crois-moi !... Le tableau, c'était une lame du tarot. La onzième. Avant, je connaissais pas les cartes et j'avais pas compris ce qu'elle voulait dire, cette carte. Maintenant, je sais. Normalement, c'est une femme du Moyen Âge en robe longue qui ouvre la gueule d'un lion avec ses deux mains. Elle représente la force. Et là, c'était terrible, parce que le tableau était vraiment grand et à la place du visage de la femme, c'était celui de Joseph qui était dessiné. Je crois que ça m'avait tellement foutu la trouille que mon cerveau l'avait effacé. Et c'est hier que je m'en suis rappelé. Irina m'a souri et là, j'ai vraiment trouvé tout ça bizarre. Mais c'est elle qui m'a trouvé, et elle n'a pas envie de me lâcher. Je fais partie d'un jeu, c'est sûr, mais personne ne me donne les règles. C'est ça, Joker, il faut qu'on parte. J'aime pas être manipulé.

Mathias se lève, sort de la bibliothèque avec Joker et rejoint sa chambre. Il ne voit pas Madeleine glisser silencieusement derrière lui, puis descendre les escaliers. Elle entre dans le salon où Irina se repose, à demi allongée sur le sofa, yeux fermés. Madeleine s'assoit en face d'elle et la fixe tout en brassant les lames du jeu de tarot posé devant elle. Elle les étale sur le tapis de velours bleu nuit et en tire cinq lames, l'une après l'autre. Elle les dispose devant elle, puis retourne la première. Le Pendu se révèle à son regard. Elle sursaute. Elle pose un instant la main sur la deuxième carte, puis la retourne d'un geste sec. Tremblant ostensiblement, elle achève son tirage. Livide, elle se lève. Visiblement incapable d'attendre son réveil, elle s'approche d'Irina, la secoue légèrement. La vieille dame ouvre les yeux, surprise de ce geste intrusif.

— Que t'arrive-t-il, Madeleine ?

— Joseph s'est trompé, Irina ! Il y a quelque chose d'étrange, dans les cartes. Mathias n'est pas le bateleur ! Enfin, pas vraiment... C'est comme s'il y avait, en ombre chinoise, un autre bateleur. Je ne comprends pas, mais je crois que nous sommes tous en danger. Je m'en doutais... Ce garçon est bien trop immature, pas dégrossi. Les tarots ont parlé, Irina, et ils ont prédit un fâcheux événement à venir... Que va-t-on devenir ?

— Madeleine, je te demande de bien vouloir te calmer. Nous n'avons plus le temps de chercher un autre bateleur. Le rituel est en marche. Dès demain, je dois renverser le sablier et le sable, alors, s'écoulera inexorablement. Je ne pourrais plus l'arrêter. Tu connais la règle... : sept jours, Madeleine, il restera sept jours. De toute façon, Mathias est celui que Joseph a désigné et nous ne pouvons aller contre une désignation de notre Confrérie. Nous nous devons de l'initier, et vite. Va me le chercher, s'il te plait !

— S'il n'est pas encore parti ! Je suis sûre qu'il s'apprête à nous quitter.

— Alors, ne perds pas de temps. Et surtout, reprends-toi ! Il ne doit rien soupçonner et surtout ne pas s'inquiéter.

Dire de Mathias qu'il est perturbé serait euphémiser son état réel. Mathias, en vérité, cherche désespérément à retrouver son royaume de garçon solitaire plus habitué à l'inconstance qu'au mystère. Or, le mystère règne en maître dans cette maison. Depuis que la mort de Joseph Capelette l'a à nouveau jeté sur les routes, son instinct l'a poussé à fuir tout ce qui peut l'entraver. Mathias, piégé comme un papillon épinglé vivant sur un tableau, s'apprête donc à fuir...

Celui qu'il était, il y a quelques semaines, cependant n'est plus. Et celui qu'il devient ne peut abolir ce qui est advenu. Il ne peut plus ignorer l'ouverture à sa perception de l'existence d'un autre monde différent de tout ce qu'il avait pu imaginer. Un monde où il semble qu'il y ait une place pour lui – une place singulière. Un monde où il serait déjà attendu par ces deux grandes dames dans cette demeure immense. Oui, attendu, attendu par Madeleine et Irina, bien qu'il ne comprenne encore ce qu'elles veulent de lui. Elles ne sont ni affectueuses, ni hostiles. Enfin, peut-être pas. Elles sont juste... étranges, et semblent tenir démesurément à lui. Mais pourquoi ? Pourquoi le vieux Joseph a-t-il voulu cette rencontre ? Pourquoi lui ? Pourquoi elles ? Tant de « pourquoi » ! Ils font danser dans sa tête une seule pensée : fuir. Mais voilà, Mathias a croqué le fruit de la connaissance. Là est l'entrave. Celle de sa conscience qui s'est éveillée. Ses longues journées dans la bibliothèque ne peuvent être effacées de sa mémoire. Les livres qui l'avaient tant impressionné aux premières heures de leur découverte ont tracé une empreinte troublante dans son esprit. Des phrases dansent dans sa tête, qui font obstacle à cette légèreté qu'il espère retrouver dans la fuite. Parce que dans ces livres, la conscience de sa propre qualité d'humain a commencé à faire sens. Et il comprend qu'il ne peut revenir au temps d'avant. Le temps des Laure et de ses mangas. Le temps sans hier ni demain. Et c'est bien ce sentiment nouveau de *demain* qui lui fait peur.

Le papillon remue encore sous l'épingle.

Il a vingt ans, Mathias, vingt ans.

Alors, il va fuir.

Joker bondissant joyeusement autour de lui comme à son habitude, Mathias réunit quelques affaires qu'il jette dans son sac à dos, puis il passe par la bibliothèque pour prendre un livre choisi à dessein, un de ceux qui l'ont irrémédiablement éveillé, de *Isha Schwaller De Lubicz*, « Her-Bak « Pois Chiche ». Il prend ce livre sur la vie d'un jeune garçon de l'Égypte ancienne, qui, comme lui, a appris à travailler le bois sous la direction d'un maître. Ce conte, qui lui a fait comprendre mieux que tous les savants discours d'Irina de Veuveselle, les étapes d'une initiation. La sienne. Qu'il ne peut plus ignorer mais qu'il s'imagine, dans ces quelques instants précédant sa fuite, pouvoir accomplir seul avec ce livre pour guide.

— Où croyez-vous aller, jeune homme, sans même nous dire au revoir ?

Mathias, la main encore posée sur la poignée de la porte de la bibliothèque, sursaute, lorsque Joker se colle immédiatement contre ses jambes. Madeleine, le sourire élargi, prend le livre des mains de Mathias, lui tend une tasse de chocolat et offre à Joker une friandise qui rend instantanément le chien détendu et confiant.

— Ce livre est à vous, Mathias, mais il eut été plus convenable de demander la permission, ne croyez-vous pas ? Et avant de partir - car vous n'êtes pas notre prisonnier, j'espère que vous l'aurez bien compris –, venez avec moi : Irina souhaite vous parler. Après, vous ferez comme vous voudrez, je vous le promets.

— Est-ce le chocolat ? Le sourire de Madeleine ? Joker ? Mathias se dit qu'après tout, quelques minutes de plus ne changeront rien à sa décision. Peut-être même – même s'il en doute – en apprendra-t-il un peu plus sur ce qu'Irina a en tête le concernant.

Assis dans le grand salon dont les lourdes tentures ont exceptionnellement été tirées, Mathias, sa tasse de chocolat à la main, attend qu'Irina s'adresse à lui. Sous la lumière naturelle, elle n'est plus aussi sinistre, se dit-il. Son visage semble presque doux.

— Mathias, mon garçon, que dirais-tu de revenir à Conques ? Madeleine, mon frère Aurélien, et moi envisageons d'y retourner, pour enfin honorer la mémoire de notre ami Joseph Capelette. Nous n'avons accompli aucune cérémonie depuis sa mort, il y a un an. Pour des raisons familiales – enfin, plus exactement d'une seule –, cette femme qui t'avait chassé de ce qu'elle estimait être *sa* maison et étant par ailleurs persuadée que Joseph y cachait un trésor, a tout fait pour nous éloigner de Conques, nous, ses seuls amis.

Désormais, tout est réglé. Mon frère a quitté Jérusalem il y a quelques heures pour nous retrouver et préparer cette cérémonie que nous devons à Joseph, selon les volontés qu'il avait exprimées.

Mathias est perdu dans la contemplation d'une araignée tissant sa toile dans un angle du mur, derrière Irina. Il demeure muet.

— Alors ?

— Madame - pardon, Irina ! -, Madeleine a dû vous dire que j'étais prêt à partir, non ?

— Oui, et c'est d'ailleurs la raison pour laquelle j'ai demandé à Madeleine de te retenir un instant. J'ai une proposition à te faire que tu es libre de refuser, bien sûr. Je sais que tu te poses de nombreuses questions, dont de nouvelles qui t'ont fait évoluer dans ta quête de connaissance. C'est bien. Joseph serait fier de toi, lui qui n'a jamais douté de ta capacité à transformer ta curiosité, un peu trop immature, en véritable réflexion. Souviens-toi, lorsque je t'avais demandé de réfléchir avant de nous poser, sans cesse, des questions. De prendre le temps, afin de savoir si tu ne possédais pas déjà la réponse en toi. J'ai connu cette impatience, Mathias. Je l'ai connue, pour en avoir payé le prix, du temps de ma jeunesse. Mais c'est une autre histoire... Ma proposition est celle-ci : que tu te rendes chez des amis de Joseph, de Madeleine et de moi-même où se trouve, justement, une trace de ma jeunesse, qui fut aussi tumultueuse que la tienne l'est, Mathias. Ils t'attendent déjà, heureux de t'offrir quatre jours dans un lieu toujours aussi magique que celui que tu as connu.

— Ils m'attendent ? Et Joker aussi ? Vous savez, Irina, moi, je veux juste reprendre la route. J'ai commencé à apprendre qui je suis, un peu, là-haut, dans la bibliothèque... J'ai longtemps cru que j'étais pas assez intelligent pour comprendre ce qu'il y avait dans ces livres savants qui parlent de philosophie, d'architecture. Que c'était pas pour moi, pas mon monde. Mais j'ai voulu savoir qui vous étiez, *vous*, et pourquoi vous teniez tant à ce que je reste chez vous. Alors je me suis dit qu'après tout, j'avais rien de mieux à faire. Et j'ai pris le temps de regarder autour de moi. Cette bibliothèque est devenue une amie. Et aussi, j'ai découvert dans l'atelier de votre frère des outils que je connaissais. Joseph me les avait fait prendre en main. Ce ciseau, cette équerre, ce compas, ils étaient aussi dans des livres de la bibliothèque. C'était intéressant, pour moi. Vous comprenez ? Alors, j'en ai pris un, de livre, celui sur l'histoire de ce jeune garçon en Égypte. J'ai pensé que ça ressemblait un peu à ma relation avec le vieux Joseph. Celle d'un maître et d'un disciple. C'est là que les mots ont commencé à me parler. Ce livre, je l'ai senti important, pour moi, comme s'il m'attendait. Mais je voulais pas le voler, vous savez, juste le garder comme un trésor pour apprendre un peu plus.

Jusqu'à présent demeurée silencieuse, Madeleine, assise dans un profond fauteuil, éclate d'un rire inhabituel qui fait sursauter Mathias et aboyer Joker. Elle se lève, s'approche du jeune homme et pose le livre sur un guéridon, près d'Irina.

— Ne m'en veuillez pas, jeune homme, mais vous savez ce qui me fait rire ? C'est de vous imaginer, il y a si peu de temps encore, sur le parvis du Temple du Change, trichant avec des cartes dont vous ne compreniez pas le sens caché aux fins de vous procurer quelques euros. Désormais, vous voilà à vous excuser d'avoir subtilisé un livre ! Un livre sous forme de conte initiatique, de plus. Je ne me moque pas de vous. Je suis simplement heureuse de vous savoir en chemin.

Manifestement mal à l'aise, Mathias ne répond pas. Adoptant de nouveau ce tutoiement pour se faire plus proche, plus humaine, Irina poursuit :

— Tu as bien fait, Mathias. Madeleine a raison, tu es en chemin et nous sommes fières de toi. Crois-le. Et sur ce chemin, d'autres réponses t'attendent. Voici la raison pour laquelle j'aimerais que tu acceptes de te rendre chez nos amis Marc et Yvonne de Saint Aymont. Ils habitent un bourg charmant en Haute-Loire, à deux heures de train de Lyon. Ils ont un immense jardin où ton chien, Joker, pourra enfin avoir de l'espace. C'est à Vorey-sur-Arzon que j'ai passé une partie de ma jeunesse. C'est là, aussi, que j'ai rencontré Yvonne, qui depuis est restée mon amie. Mes parents m'avaient envoyée faire un séjour dans le prieuré de Bénédictines pour m'apprendre à être plus sage. Tu vois, mon cher Mathias, que je ne suis pas qu'une statue de cire momifiée dans ce fauteuil... Le prieuré est aujourd'hui désaffecté. Pas de risque qu'on t'y enferme ! Et c'est dans la demeure de la famille d'Yvonne que les de Saint

Aymont vivent depuis leur retraite. Et vous attendent, Joker et toi.

Mathias ne sait que penser. Cette grande dame plaisante-t-elle, à s'adresser à lui comme à un enfant de dix ans ? Il s'apprête à répondre quand soudain, Irina de Veuveselle se lève. Pour la première fois, il prend conscience alors à quel point cette dame est petite, menue. Combien elle semble fragile et somme toute bien peu impressionnante. Irina s'approche et pose une main faite légère comme une caresse sur l'épaule de Matthias :

— Mathias, je sais très bien qu'à tes yeux, je suis inquiétante. Un jour, tu comprendras que l'on endosse parfois des rôles qui nous emprisonnent et qu'il peut être périlleux de les refuser. Périlleux, et même dangereux.

— Bah voilà, *le danger*, maintenant ! Qu'est-ce que vous n'avez pas encore essayé avec moi, Madame ? J'ai vingt ans... J'ai juste besoin de me sentir libre. De me sentir vivre. J'ai connu assez de complications comme ça et je veux juste une vie simple. Mais vous, vous êtes là, à me faire peur, à me rassurer, à me faire peur... - avec des idées, d'abord, et avec des gestes ensuite. Puis maintenant, vous me posez une main sur l'épaule alors que vous n'avez jamais été spécialement gentille avec moi, tout ça pour me dire que je suis peut-être en danger.

— Mathias, pardonne-moi, tu as raison ! Je peux être déconcertante parfois. Et j'oublie aussi ton jeune âge. C'est que je t'ai vu grandir, murir, ces dernières semaines. Mais tu es encore très jeune, c'est vrai. Et je sais qu'à part Joseph, personne n'a été affectueux avec toi. Je ne connais pas les gestes pour te rassurer, mais je peux t'affirmer que je me suis attachée à toi. Le danger dont je te parle, ce danger, plus tu entres dans la voie de la connaissance, plus tu sauras l'éloigner de toi. En attendant, Madeleine et moi veillons sur toi, sois rassuré. Va chez ces personnes, qui, elles, sauront être gentilles avec toi. Quatre jours pour reprendre des forces et ensuite, je te le promets, tu auras appris beaucoup. C'est ce que tu veux, Mathias, apprendre ? Madeleine va t'accompagner à la gare et dans moins de deux heures, tu seras en pleine nature avec deux personnes qui t'attendent.

Irina prend un instant Mathias dans ses bras, puis retourne s'assoir, visiblement profondément émue de ce geste qu'elle vient d'accomplir pour la première fois depuis bien longtemps : prendre un être dans ses bras.

Lèna

Cracovie. Premier jour.

Le téléphone collé à l'oreille, son ton se fait grave, empressé :

— Bien, Léo !... Nous quittons Cracovie dès demain matin. Tu dois toi aussi retourner le sablier. Maintenant. Tu es bien conscient qu'Irina ne l'emportera pas, n'est-ce pas ? Tout ce monde pitoyable d'initiés à l'imposture n'est destiné qu'à être renvoyé à son néant. Ils ne savent pas à qui et à quoi ils se mesurent. À propos, où en es-tu de la partition ? Le temps nous est compté. Chaque grain de sable écoulé nous rapproche de notre dessein ultime et c'est toi, désormais, le maître de ce jeu. Sept jours, Léo ! Pas un de plus...

Léo ne dit mot. Son silence parle.

— Je te reconnais bien là, Léo. Je sais décrypter tes silences et j'entends celui-ci comme une sourde protestation. Mais n'aie crainte, je connais le pouvoir de ta musique. Maintenant, je dois raccrocher, car j'entends

Lèna qui rentre de l'université. À demain, vieux frère.

L'air préoccupé, une jeune fille pénètre dans le vaste bureau, se déleste négligemment d'un livre qui choit bêtement sur une chaise, puis elle aperçoit Zoltan. Sans même prendre le temps d'enlever son manteau, elle se tourne vers lui :

— Je les ai entendus, Père. Ils disent que je ne suis pas comme eux, et...

— ... « pas comme eux » ? Mais que signifie donc ce *eux* pour toi, Lèna ? Ainsi, après toutes ces années où je n'ai cessé de t'enseigner ce qui doit constituer ta force, tu cherches encore à faire partie de ce monde ? Tu sais pourtant qu'il n'a aucune légitimité à mes yeux et qu'il ne devrait pas en avoir davantage aux tiens. Quelques étudiants bornés te mettent à l'écart et tu réagis en te montrant faible ? Me serais-je donc trompé en t'inculquant tout mon savoir dans le but d'affronter ce monde qui, bientôt, devra nous rendre des comptes ?

Il fait sombre dans cette pièce où deux êtres se confrontent, dressés de part et d'autre d'un bureau constitué de deux moitiés d'une lune aux terminaisons sculptées de têtes de lion grimaçantes. Partout, des livres. Des livres, et des chandeliers, où la cire des bougies s'est répandue en larmes blanches. De lourdes tentures noires laissent à peine filtrer le soleil si singulier de Cracovie, pâle au printemps, incandescent en été. L'automne s'achève, l'hiver approche et l'hiver est l'antre d'élection de Zoltan, cet espace d'un huis clos où Lèna, dès qu'elle y pénètre, se sent prise dans un étau glacial.

Lèna a vingt ans. Le soleil s'est réfugié dans la chevelure de la jeune fille aux yeux consumés de fièvre, une fièvre sans cause si ce n'est d'être constitutive de l'existence même de Lèna et d'être entretenue, attisée, par celui qu'elle nomme « Père ».

La lumière de l'astre automnal s'éteint sur la chevelure ténébreuse de Zoltan, où chaque mèche semble avoir été peinte pour lui donner ce pouvoir irréel d'absorption. Elle est retenue par un ruban du même noir sinistre que les tentures. Les pupilles de Zoltan sont habitées d'une fièvre qui le relie par un fil invisible à Lèna, aussi translucides que celles de la jeune fille – aussi sombres. Deux êtres hors du monde, ou plutôt qui l'habitent à leur manière, l'interprètent, armés d'une implacable partition à deux âmes, l'une guidant l'autre aux fins d'y voir jouer de fatales harmonies.

— Prépare tes affaires, Lèna, nous partons ce soir !

Perdue dans la contemplation d'une coulure à la peine sur le bronze froid d'un bougeoir, Lèna ne réagit pas. Le temps s'arrête et un silence se faufile, lorsque soudain, la voix de Zoltan pulvérise la courte trêve :

— Lèna !! Demande à Madame Sharf de t'aider. À vingt heures très précises, tu me rejoindras ici.

La jeune fille tressaille et murmure, regard au sol :

— Partir, encore… Ce ne sera donc jamais fini ?

Zoltan s'approche et la saisit fermement par les épaules, l'oblige à le regarder.

— Non, Lèna, ce n'est pas fini. C'est ton histoire, c'est la mienne. Tant que tu n'auras pas accompli ta mission, nous poursuivrons notre route. Mais les temps approchent où tu pourras enfin agir. Ce sera toi qui décideras alors, je te l'ai promis, d'accomplir ou non ce qui doit être.

Zoltan, une terrifiante froideur dans le regard, fixe toujours Lèna. Elle a relevé le menton et soutient maintenant l'arc tout à la fois glaçant et fiévreux. Nul autre ne pourrait le croiser sans se sentir sur-le-champ comme pétrifié. Mais ces deux pics acérés sont la quotidienne référence de Lèna depuis sa plus tendre enfance, et pour elle, en vérité, *l'autre* ne représente rien de bien tangible au sein de son existence solitaire contrainte. La plupart des sentiments humains lui sont étrangers. Elle ne connait d'autre famille que ce père-là, ne connaît d'autres bras que ceux qui enserrent ses épaules, d'autre mission à accomplir dans sa vie que celle qui lui a été imposée. Et tout comme Mathias, elle ne connait pas les règles de ce jeu dont elle est cependant l'une des pierres angulaires. Lèna alors, comme toujours, obéit à Zoltan, regagne sa chambre et se prépare, sans le savoir, à quitter définitivement Cracovie.

* * *

Cette nuit-là, la nuit où Zoltan et Lèna quittèrent Cracovie, le tribunal des corbeaux s'était réuni sur les collines de Kopiec. Leur croassement serait entendu par tous les habitants du quartier de Podgorze. Dans la maison abandonnée, ils s'étaient immiscés et une hiérarchie s'était reconstituée. Quelques individus, parmi les plus puissants, et au terme de longs palabres suivis d'un redoutable combat laissant un membre de la communauté sans vie, furent désignés pour occuper les lieux durant un temps indéfini afin d'empêcher toute intrusion humaine. Trois émissaires enfin, fidèles parmi les fidèles à Zoltan, prendraient leur envol.

Les conjurés de l'Île Barbe

Lyon. Au matin du deuxième jour...

L'Île Barbe est noyée dans la brume. Une brume inhabituelle en ce matin de fin d'automne flamboyant. C'est le matin du second jour pour Irina de Veuveselle, comme pour Zoltan. Ce dernier a rendez-vous avec Léo, cependant que l'émissaire de La Papesse vient à la rencontre de Zoltan.

Comment sait-elle qu'il sera là ? Elle sait.

Derrière la Chapelle Notre-Dame se précise peu à peu la silhouette de Madeleine sur le ponton nébuleux. Des pensées agitées l'envahissent. Doit-elle redouter Zoltan ? Sous quel sombre éclat se présentera-t-il ? Comment sera-t-il disposé ? Cherchera-t-il à lui nuire ? Mais elle est cette émissaire envoyée par Irina de Veuveselle dont la mission est de délivrer un message d'importance, alors elle inspire profondément. Et parvient à se ressaisir un peu. Elle se doit d'être à la hauteur du degré d'initiation qu'elle a atteint. Son pas est décidé.

* * *

Le lieu et l'heure du rendez-vous avaient été établis avec précision par Zoltan. « À l'instant où le soleil dardera son premier rayon sur les ruines de la Chapelle Notre-Dame, je serai à l'emplacement que tu connais. Ne sois pas en retard ! », avait-il ajouté.

Un puissant éclair écarte soudainement la brume. C'est le signe. Un bruit de pas. Léo, le visage à demi dissimulé par un foulard en soie noir, surgit des ruines de la Chapelle Notre-Dame. Cet Autre, immense, avance à sa rencontre sous le soleil naissant.

Deux ombres surgies d'un ailleurs qui se rapprochent jusqu'à se confondre un instant, puis se diviser.

Zoltan est à l'initiative des premiers mots prononcés :

— Conduis-moi dans la crypte, Léo. Il est grand temps d'agir.

Léo l'interrompt d'un geste :

— Où est Lèna ? Pourquoi n'est-elle pas avec toi ?

— La place de Lèna n'est pas ici, un autre projet l'attend. Combien de fois devrai-je te répéter, Léo, que ce qui est écrit doit être ? Te répéter que je t'interdis toute mise en question ? Moi, et moi seul, décide où Lèna doit être, de ce qu'elle doit faire ou ne pas faire. Ni elle ni toi n'avez de pouvoir sur son existence. Tu entends ?

Léo frémit, prêt à riposter, lorsqu'un crissement soudain se fait entendre derrière lui, qui réfrène son élan. Il fait volte-face et découvre une silhouette frêle revêtue d'un tailleur blanc, le visage voilé de tulle légère. Celle-ci progresse vers eux, et, parvenue à la hauteur de Léo, passe devant son œil fébrile, sans même un regard. Madeleine s'immobilise bientôt devant Zoltan, relève sa voilette et laisse apparaitre un visage marqué par l'âge, des yeux d'un bleu délavé. Sa voix se fait solennelle :

— Irina m'envoie, Zoltan. J'ai un message à délivrer et vous prie de ne pas le prendre à la légère.

Zoltan recule d'un pas et enlève un de ses gants, adoptant une gestuelle que Léo reconnait instantanément. « Pauvre chose ! Elle se croit encore importante et puissante, mais elle n'est plus qu'une vieille femme pitoyable qui essaie de préserver la face. Laissons-la pour le moment à ses illusions de grandeur. »

Envahi par le mépris qu'elle lui inspire, Léo, de là où il se tient, foudroie du regard ces deux êtres qui se défient. Zoltan est ce faux frère qui le maintient sous son emprise par un chantage odieux. Quant à Madeleine... L'organiste plante sa vision vengeresse sur le dos de la messagère, avant de la déporter sur la main dégantée de Zoltan. Va-t-il gifler Madeleine ? La foudroyer sur place ? Peu importe ce qui adviendra d'elle ! Elle aussi l'a trahi. Elle devait le protéger, elle l'avait promis. Rien à attendre de l'un ou de l'autre, se dit-il tout à sa rage, à grand-peine contenue.

Elle, celle qui vient de parler, ne réagit pas. Sereine en apparence, ou détachée, peut-être. Tout en elle est attente de la réponse de Zoltan. Pas un bruit ne trouble ce silence. Les oiseaux ont cessé de jouer l'harmonie d'un monde vivant. Pas un souffle de vent.

Résonnent encore dans ce silence ces derniers mots : « *ne pas prendre à la légère* ». Zoltan parle, enfin. Sa voix est basse, atone :

— Irina a donc un message pour moi. Bien. Il est bien tard. Maitresse du jeu, croyez-vous, bien sûr... La Papesse, puisque nous en sommes à ce point précis de représentation, a donc choisi de s'adresser au Diable...

Zoltan avance d'un pas, puis d'un deuxième, obligeant Madeleine à reculer. Avec un demi-sourire, il reprend :

— Vous n'avez pas même jeté un regard à celui qui se tient à côté de vous, Madeleine. Dommage. Je dois donc faire les présentations : Léo, voici Madeleine. Ou plus exactement, Madame l'Impératrice, voici Léo, qui incarne La Maison Dieu et peut agir à tout moment sur les deux sabliers renversés. Vous frémissez ? Vous vous questionnez, n'est-ce pas ? Un deuxième sablier est renversé : « pourquoi ?» «Et comment ai-je pu connaitre l'existence du vôtre ?» Mais l'heure n'est pas aux révélations. Vous saurez, lorsque le temps sera venu.

Madeleine tente de l'interrompre. D'un revers de main, Zoltan l'en empêche, puis il ajoute :

— Rapportez mon message à Irina. Dites-lui qu'il n'est pas nécessaire que j'écoute le sien. Je connais déjà tout ce qu'elle pourrait me dire : « Le bien va triompher et le mal sera vaincu, cette lutte est inutile. », et toutes sortes de balivernes du même ordre au romantisme suranné. Mais Irina a bien compris une chose : cette lutte est en effet inutile.

Madeleine s'attache à préserver une once d'assurance. Elle réplique, d'un ton qu'elle voudrait aussi glacial que celui de Zoltan :

— Vous pensez être le maître du jeu, mais sachez que nous avons une carte en main, Zoltan : nous avons trouvé notre bateleur, et il est en route. Qu'avez-vous à opposer à cela ? Vous voyez, ces « balivernes », comme vous les appelez, sont en fait un instrument de la bataille que nous menons.

Zoltan avance à nouveau jusqu'à percuter la sphère protectrice de Madeleine. Celui qui instille le venin fixe celle qui persiste à le provoquer :

— Vous avez trouvé le bateleur ? Fort bien… Serait-il votre propriété ? Et s'il n'était pas seul à entrer dans le jeu ? Je vois que vous blêmissez, expression parfaitement humaine. Rien n'est encore joué, Madeleine… En vérité, je vous le dis, tout commence aujourd'hui. Ici, maintenant.

À ce moment précis d'insolites déliquescences, un cri étrange emplit l'espace, qui précède le survol d'un corbeau semblant avoir surgi de l'intérieur de la crypte. Zoltan sourit, tend sa main dégantée d'un geste ample et la créature vient se poser sur son bras, ses yeux d'un noir-abîme se fichant dans ceux de Madeleine qui, d'instinct, lève une main vers son visage en une tentative de protection. Serres enfoncées dans la chair du bras de Zoltan qui point ne paraît s'en préoccuper, le bec du volatile agrippe solidement une bourse de velours rouge. Il secoue, secoue, puis du sable d'un rouge ardent s'en écoule. Il relâche enfin l'aumônière et s'envole, effleurant, dans une ultime provocation, Madeleine, devenue minérale et donc dissociée du croassement rauque de l'oiseau. Une fois la créature ailée hors atteinte, l'émissaire rudement éprouvée réinvestit progressivement le règne organique, un souffle, une sensibilité, une capacité de mouvement. Elle secoue ses ballerines couvertes de sable, puis se retourne et s'adresse à Léo :

— Monsieur Schmidt, que venez-vous faire dans cette histoire qui ne vous concerne pas ? Je vous connais depuis des années, vous êtes l'un des organistes les plus renommés, formé par mon ami Édouard Commette. Vous vous trouviez comme moi à son chevet, dans sa maison mitoyenne de celle d'Irina de Veuveselle, pour accompagner notre ami dans son dernier voyage. Cette maison où vous étiez accueilli ! Puis vous avez soudainement disparu. Personne, depuis des années, n'a plus jamais entendu parler de vous... Plus un concert, plus aucune création. Je vous croyais mort !

— Alors, continuez à le croire, Madeleine. Je suis mort, en effet. Du moins, l'organiste de la bonne société lyonnaise reçu aussi bien à l'archevêché que dans les salons feutrés, lui, est mort. Celui qui se tient devant vous n'est plus ce jeune homme que vous avez cru façonner à votre image, ne pensant, n'agissant, ne produisant que pour répondre à vos désirs de créer une société de Gentils allumés ! Zoltan m'a ouvert les yeux. Puis je suis tombé amoureux, mais ceci est une autre histoire...

Madeleine l'interrompt :

— ... amoureux ? Tout cela pour que je vous retrouve ici, en compagnie de ce personnage diabolique qui ne cherche qu'à nous détruire ? Vous !... Vous que l'on nommait «L'organiste des anges» ? Mais que vous a-t-il donc fait pour...

Zoltan, obséquieux, interrompt Madeleine :

— ... Bien, Madeleine, je crois que nous en avons assez entendu pour aujourd'hui. Je ne suis pas disposé aux bavardages et moins encore aux mondanités. Les sabliers sont renversés. Irina l'a voulu ainsi. Et le deuxième jour est commencé. Je ne vous retiens pas. Transmettez-lui donc mes salutations, et tant qu'à procéder, vous seriez bien avisée de l'inviter à relire ses classiques du Tarot. Cela occupera ses longues soirées au coin de l'âtre de son hiver déprimé. Cela l'aidera peut-être à comprendre en quoi son imaginaire diabolique à mon endroit est une négation de mon Autre.

Madeleine est étourdie. Son corps, engourdi des orteils à la racine des cheveux. Comme mue par une force qui n'est plus sienne maintenant, elle parvient à avancer vers Zoltan. Celui-ci s'éloigne déjà. Il a saisi Léo par le bras telle une proie consentante, l'entrainant avec lui jusqu'à l'entrée de l'ancienne abbaye d'où était apparu le corbeau. Léo, prince de ce lieu devenu son antre, d'un geste vif, se dégage. Allumant la mèche d'une lampe-tempête, il précède Zoltan. Tous deux pénètrent dans les vestiges de l'ancienne galerie qui longe la nef – quelques pierres, tout au plus, traçant une voie périlleuse jusqu'à la chapelle. Comme il fait découvrir son lieu élu, Léo peine à masquer son euphorie. Ils progressent dans une résidence hantée, encore, par les légendes et des traces prégnantes de chair et d'ossements, par les cérémonies sacrificielles occultant des siècles de spiritualité monastique.

En pleine majesté, Zoltan prend tout l'espace, estime rapidement que son guide freine son impérieuse progression, passe devant lui, le bouscule même, lui arrachant la lampe-tempête. De sa pénombre, Léo indique de la voix le chemin à Zoltan. Sans se retourner, ce dernier l'arrête d'un geste et poursuit son avancée de quelques pas. Démesurée, sublime, son ombre danse sur les ruines. Léo frémit soudain, car celle-ci semble avancer vers lui, au lieu de s'éloigner. La panique l'envahit quelques instants, puis il se ressaisit. Parvenu au mur séparant la galerie de l'ancien oratoire, Zoltan pose la lampe-tempête au sol et revient vers Léo. D'un signe, il l'invite à lever les yeux. Un enfeu médiéval est accolé au mur séparant la galerie de l'église Sainte-Marie, seul vestige probable du tombeau d'un ecclésiastique. Zoltan paraît amusé et dit à Léo :

— Tu es parvenu à me surprendre, mon frère ! Spiritualité dégoulinante et cérémonies occultes mêlées dans un même lieu, c'est somptueux ! J'attends la suite !

Léo ne répond pas, tente de reprendre la main, récupère la lampe-tempête qui illumine un instant le visage de son associé. Zoltan le transperce du regard :

— Léo, s'il te plaît !

Léo, toujours sans prononcer le moindre mot, indique un passage entre deux éboulis de roche. Ils pénètrent dans la crypte aménagée en repaire du musicien. Une maquette de l'orgue de la cathédrale Saint-Jean d'une taille impressionnante prend toute la longueur d'un des murs de la crypte. Un orgue en modèle réduit est posé sur un tréteau. Et partout, sur le sol en terre battue, des partitions couvertes de notes fiévreuses. Sur une pierre tombale encore recouverte d'une croix, un amplificateur de sons relié à un générateur électrique émet de sinistres grésillements intermittents. Sur un des murs en partie écroulé, juste au-dessus de l'orgue, se devine, immense, une inscription tracée en lettres gothiques à la peinture vermillon : « NIGREDO ».

Zoltan pose ses gants sur l'orgue, dénoue sa lavallière, s'approche d'un établi recouvert d'une étoffe noire sur lequel sont disposées des fioles contenant de mystérieux liquides. Soudain, il éclate de rire :

— C'est donc ça ton grand œuvre, Léo ? L'atelier du parfait petit alchimiste ? Tu comptes accomplir ta mission avec des fioles et des livres ?

Léo rage intérieurement, confronté à l'attitude si ostensiblement méprisante de celui qui ose le nommer encore « son frère ». Il revoit en quelques secondes cet instant où Zoltan est apparu dans son existence – ce jour maudit ! En ce temps-là, il était encore un jeune homme rêveur et créatif. Alors étudiant organiste, il avait été présenté à Édouard Commette par celle qui le trahirait, Madeleine. Le maestro était dans sa dernière année d'existence et lui avait fait l'honneur de le prendre sous son aile, persuadé qu'il pourrait un jour lui succéder. Il ne pouvait plus jouer, mais à plus de quatre-vingt ans, il avait encore l'esprit vif et était porté par une forme d'urgence à transmettre. Il avait choisi Léo Schmidt pour être son dernier élève. Le monde de la musique s'ouvrait et le long chemin vers l'accomplissement de sa vengeance également, mais de cela, il ne laisserait jamais rien paraitre. Parmi les proches de son maître qui lui ouvriraient leur porte au sens littéral du terme, la plus mystérieuse était sans conteste Irina de Veuveselle. Cette grande dame issue de la noblesse ancienne avait récemment hérité de la demeure de la Montée du Gourguillon, à deux pas de la cathédrale Saint-Jean. C'est ainsi qu'il entrerait dans le cercle secret de Joseph Capelette.

Puis ses souvenirs le ramènent à Madeleine, mais à une Madeleine bien différente de celle à laquelle il venait de se confronter. En ce temps jadis, elle écrivait un livre sur le grand orgue de la cathédrale Saint-Jean et l'avait à plusieurs reprises croisé lors de répétitions de concert. Madeleine, qu'il appelait « sa bonne fée », l'avait un matin convié à une rencontre qui bouleverserait le cours de sa jeune existence d'apprenti organiste : Édouard Commette l'attendait, lui, et nul autre que lui, dans cette chambre aménagée au rez-de-chaussée d'une maison proche de celle d'Irina et Aurélien. Madeleine, souriante et charmante, plaisantait avec le maître, une tasse de thé à la main, remémorant au jeune organiste ce concert donné par Édouard Commette à Conques, alors qu'elle et Irina, ainsi que son frère Aurélien, y vivaient encore. Ce que lui transmit Édouard Commette releva du sacré. Au nom de la note parfaite. Puis, il y eut la rencontre avec Zoltan, il y a vingt ans de cela aujourd'hui. C'était à Conques, ce jour maudit de la répétition d'un concert d'orgue pour les Pères Blancs. Le même jour que sa rencontre avec *Elle*.

Léo revient à la réalité, revient à Zoltan, planté devant lui, affublé de ce rire qui l'offense. Cet être froid, songe-t-il, a tout souillé dans sa vie. Sait-il seulement ce que signifie et implique la notion de fraternité ? Oui, cet être qui prétend tout appréhender du visible comme de l'invisible connait-il seulement son degré d'initiation ? Jamais il ne lui pardonnera de l'avoir éloigné de Lèna. Ce monstre se croit invincible mais il n'est pas le seul à connaître les secrets de l'alchimie et un jour, elle saura qui est celui qu'elle appelle « Père », oui, elle saura.

Léo, brusquement, est interrompu par Zoltan dans le cours de ses pensées :

— Léo, mon ami, nous aurions finalement dû inviter cette chère Madeleine à prendre le thé chez toi. Je suis sûr qu'elle aurait apprécié le décor après sa rencontre avec notre messager ailé.

Léo sursaute, puis se reprend et lui adresse un sourire amer.

— Je ne suis pas ton ami et pas davantage ton frère. Mais ce n'est là qu'un détail, n'est-ce pas, Zoltan ?

— Disons cela si c'est ton plaisir, concède calmement son interlocuteur.

— Comme tu le vois autour de toi, j'ai avancé, et bien plus que tu ne l'avais imaginé. J'ai avancé, parce que travailler à relever un tel défi consistant à créer une partition à même de neutraliser la course du sablier conçu par Joseph Capelette, à des kilomètres de distance, est un projet conceptuellement hors du commun. La prophétie pourra donc s'accomplir sans que cet instrument, qui aura perdu son magnétisme, puisse interférer. Il t'a fallu me prêter un grand crédit pour me confier une mission tellement inimaginable, alors je pense qu'il est normal que tu saches comment je compte arriver à produire ce son unique. La maquette que tu vois là reproduit à l'identique le grand orgue. Mais je te fais grâce de toute l'architecture de celui-ci !

Zoltan s'assoit sur une des pierres tombales laissée non encombrée. Léo, à s'écouter parler, est happé par un irrépressible regain d'amour-propre, et, tout investi de l'autorité de l'organiste admiré et respecté par tous, adresse un fier sourire à l'attention de son allié. Rendu aveugle, il ne mesure pas le degré d'agacement de Zoltan comme il poursuit :

— Donc, dans tout orgue, il y a une chambre qui ne sert qu'à l'alimentation. Pour ce qui nous intéresse, les jeux dits « à bouche » fonctionnent comme une flûte à bec. Je t'explique : je dois donner à l'air sous pression contenu dans le pied du tuyau la forme d'un écoulement plat et ne le laisser s'échapper qu'à travers une fente appelée « lumière ». Cet écoulement va alors se briser contre une pièce effilée appelée « biseau », ce qui a pour effet de mettre en vibration la colonne d'air qui se trouve dans le corps du tuyau. Plus le tuyau est long, plus cette vibration est lente, et plus le son produit est grave. Et c'est avec un jeu à bouche de trente-deux pieds que l'on obtient l'octave la plus grave.

Léo retient un instant son souffle. Il sait qu'il doit emporter l'entière conviction de Zoltan. Il s'apprête à préciser ce qui constitue la clé de voûte de la réalisation de son plan :

— Voilà pourquoi j'ai besoin de cette pièce unique. Sans elle, ton œuvre ne pourra être ! Elle est la pièce maitresse d'un jeu ancien à bouche de trente-deux pieds que seul un facteur d'orgues basé en Autriche – à Vienne, précisément – peut fabriquer.

Zoltan se lève, s'approche de la maquette. Il parle nettement :

— Tu auras cette pièce avant deux jours, je m'y engage. Donne-moi tous les éléments pour trouver ce facteur d'orgues. J'appelle immédiatement Madame Sharf, qui doit chaperonner Lèna pour diverses actions que j'entends lui faire mener. Elles sont encore à Cracovie, mais elles seront à Vienne dès ce soir.

— Tu as donc compris. Et tu comprends également, je suppose, que tu n'as plus vraiment le choix de tes alliances. Connaîtrais-tu une faille ? En vérité, la seule vraie faille que je te connaisse, c'est Lèna, ma...

— ...« Assez ! »

Léo n'a pu achever sa phrase. Fait unique, Zoltan entre dans une fureur homérique. Puis il s'empare de l'une des fioles et la brandit, menaçant, lorsque soudain, un énorme chien surgi de nulle part se précipite vers lui, gueule béante. Léo, depuis toujours, connaît cet autre défaut dans la cuirasse de Zoltan : sa peur irraisonnée des chiens. D'une voix impavide, le musicien, après avoir arrêté dans son élan Némésis d'un ordre autoritaire, prévient l'interlocuteur interloqué :

— Némésis ne s'attaquera pas à toi tant que je le retiens. Sache cependant qu'il n'obéit qu'à moi. Que veux-tu mon cher, nous vivons dans un monde hostile et je suis bien obligé de protéger nos secrets. Némésis est un chien de défense et non d'attaque, mais il a senti que tu allais t'en prendre à son maitre, alors voilà ce qui a failli arriver. Je constate en revanche que tu ne l'avais pas perçu. Et tu n'as d'ailleurs pas tout vu. Dans le Talmud, il est écrit : « Si tu veux percevoir l'invisible, observe le visible ». Mais nous allons donc bien sagement faire redescendre la pression, si tu en es d'accord.

La sueur luit sur les tempes de Zoltan, devenu plus spectral qu'à l'accoutumée. Il esquisse un geste d'apaisement, puis il questionne, le verbe las :

– Que crois-tu connaître de l'invisible, Léo ?

Némésis disparait dans l'ombre d'où il avait surgi.

Deux sabliers pour boussole

Vienne, Autriche. Troisième jour

Au matin du troisième jour, Lèna et Madame Sharf déambulent dans le quartier historique de Vienne, près de la cathédrale Saint-Étienne. Arrivées la veille de Cracovie après six heures de train, elles ont trouvé l'hôtel où séjourner. Celui-ci est situé en plein centre de Ebendorferstrasse, à quelques minutes à pied du célèbre *Ring*, cette prestigieuse artère érigée sur l'emplacement des remparts et de leurs glacis.

Lèna ne se souvient pas avoir jamais quitté Cracovie et se sent perdue, malgré la présence de sa gouvernante. Omniprésente, Madame Sharf est certes une boussole, mais elle est rigide comme une vitre et sans plus d'affection que les barreaux d'une fenêtre : aucun écart n'est permis et Lèna se doit simplement de lui obéir. Et ce matin, elles cherchent la rue Schönlaterngasse que Zoltan avait indiquée à Lèna par téléphone. Il lui avait demandé de noter scrupuleusement ce qu'il lui dirait dans un carnet, avec d'autres recommandations. Le périple de sa fille se devait d'être parfaitement planifié, selon son vouloir. Aucune place ne devait être laissée à l'improvisation. Elle devait écouter Madame Sharf.

« Deux jours », avait précisé Zoltan. Pas un de plus. L'emploi du temps, au cordeau, et Lèna aurait également à rendre compte par téléphone, chaque soir et jusqu'à son retour, de l'avancée de sa mission. « «Mission, mission » !... Il n'a que ce mot à la bouche ! songeait la jeune fille. Je n'ai jamais entendu autre chose, depuis que je suis en âge de comprendre ! » Lèna ne savait que trop qu'il n'aurait jamais pu être question d'un peu de légèreté, de bon temps, de tourisme...

Le temps, en ces instants, est à suivre Madame Sharf dans une étroite ruelle à la recherche d'un facteur d'orgues. Lèna soupire, l'esprit encombré par les instructions de son père et par un désir sourd de révolte. Elle est triste à la pensée d'avoir laissé ses amis de l'université de Cracovie derrière elle, d'avoir laissé cette maison, son seul repère en ce monde. Quelle sera sa vie, après ? Son père n'avait jamais levé le voile de l'énigme. Ses questions semblaient ne pas l'atteindre ou lorsqu'elles l'atteignaient, ne provoquaient qu'agacement et un renvoi dans sa chambre.

Si elle n'a aujourd'hui aucune marge de liberté par lui concédée, Zoltan a tout de même placé sa confiance en Lèna, traçant avec cette mission impliquant sa fille au premier chef ce qui acte d'une légitimité. La jeune fille vacille. La colombe, hors de la cage, s'affole et panique même dans un maelström de sentiments contradictoires. Qu'attend-il ? Qu'attend-on vraiment d'elle ? Qui sont ces êtres censés la protéger ? Quel sens caché revêt cette mission impérative pour son père ? L'exigence oppressante de précision, et ce jusqu'au détail *a priori* le plus anodin, fait percevoir la mission comme vitale. Elle a été sommée de trouver Oskar Pinkus, l'unique facteur d'orgues en mesure de fournir à Léo la pièce manquante de l'orgue du destin. Zoltan lui a fait entendre au téléphone, de cette voix glaçante qu'elle lui connait si bien, que sa propre existence, celle de son oncle Léo et celle de son père, pourraient tenir dans ce jeu de 32 pouces que le facteur d'orgues doit fabriquer avant la fin de l'écoulement des deux sabliers. En signe de reconnaissance, a-t-il ajouté, elle remettra une moitié de carte à Oskar Pinkus, et lui devra lui remettre la seconde moitié en sa possession. Carte dont la symbolique sera son sésame auprès de ce monsieur Pinkus. Mais elle ne l'a pas encore, cette moitié de carte. Madame Sharf doit se la procurer. Et si ce mystérieux facteur ne l'avait pas, lui non plus, sa moitié de carte ? Elle avait souri un instant, s'étant entendue prononcer ces derniers mots à haute voix – sourire vite effacé par le souvenir des fréquentes réflexions acerbes de son père à propos de sa supposée légèreté.

Lèna, dont les pensées anxieuses s'entrechoquent, se demande s'il y jamais eu un seul instant de légèreté dans cette obscure absence au monde qu'a été jusqu'à présent sa vie avec son père. Même Madame Sharf obéit au doigt et à l'œil à Zoltan. Un vrai chien fidèle, la tendresse en moins.

Alors que Lèna avait naïvement espéré un peu de distraction à Vienne, la gouvernante a exprimé un refus sec et sans appel, visiblement outrée par l'idée, jugée « futile ». Mais Lèna ne s'est jamais senti quelque sentiment d'appartenance à la race des canidés, puis elle a eu bien du mal à concevoir que s'asseoir quelques instants dans un café pour y déguster une de ces délicieuses *Sacher torte* puisse constituer une offense à cette fichue mission, ou plus encore, menacer celle-ci. Lèna revient brusquement à la réalité lorsqu'elle bute presque sur Madame Sharf, qui vient de s'arrêter et fait volte-face, l'air passablement énervée :

— Vous ne m'écoutez pas, Lèna ! Nous sommes arrivées. Regardez devant vous, au lieu de marcher la tête baissée, jeune fille !

Madame Sharf et Lèna se trouvent devant une librairie ésotérique tenue par un français, ami de Léo chez qui la gouvernante a ordre d'acheter ce jeu de tarot, celui d'Oswald Wirth – « et aucun autre », avait précisé Zoltan.

Le libraire donne l'impression d'être heureux de rencontrer des connaissances de Léo et veut savoir ce qui les conduit à Vienne. Madame Sharf, dans son français au fort accent, lui explique que Lèna est en quête de la maison d'un facteur d'orgues, que lui aussi est une connaissance de Léo Schmidt. Ce qu'elle ignore, c'est que le libraire, averti par Léo, les attendait.

Sous le poids de suppliques répétitives comme litanie enfoncées dans son crâne à coups de marteau – mais déclinant « toute responsabilité » –, Madame Sharf finit par accepter de se rendre au *Café Central* sis juste à quelques pas de la librairie. Le lieu, « l'un des plus beaux cafés de Vienne », à en croire tous les guides touristiques, est l'objet d'une convoitise obsessionnelle de Lèna qui, à l'hôtel, avait bien pris le temps, *futile*, d'éplucher tous les dépliants qu'elle avait su glaner à la réception, alors qu'elle était futilement enfermée dans la salle de bains aux fins de s'extraire quelque peu du regard de la gouvernante - gouvernante qui eut trouvé futile qu'elle jouât aussi futilement à cache-cache.

Lèna a vingt ans et ne partage vraiment pas la définition de Zoltan et de Madame Sharf de ce qui est futile ou ne l'est pas. La jeune fille doit évacuer tout autant ses angoisses que ce sentiment de malaise grandissant que lui procure sa gouvernante, sans qu'elle sache se l'expliquer de façon rationnelle. Et la futilité est son magnifique remède. Se retrouver entourée de monde :

une urgence quasi permanente. Le *Café Central* est idéal pour elle. Du monde, beaucoup. Joyeux et en famille pour bon nombre. Lèna les observe avec envie. De famille, elle ne connait que son père et Madame Sharf. Elle n'a rencontré son oncle Léo qu'à deux reprises, lors de ses séjours à Cracovie. Elle ignore tout des liens filiaux, dont elle doute, entre Léo et son père, mais l'appelle ainsi parce que son père l'a exigé. Car Lèna n'est pas supposée parler, penser, agir autrement que par la volonté de Zoltan. Seulement voilà, ce père est à des milliers de kilomètres et le *Café Central*, lui, est bien là, bien concret. La voici enfin dans le monde d'un autre réel, s'il ne suffit à effacer la présence anachronique d'une Madame Sharf aux vêtements démodés depuis quelques siècles, armée de son sac ridicule de cuir noir qu'elle serre entre ses genoux, coiffée de cheveux d'un gris comme poussière.

Lèna, avec ce sourire si rare qui l'illumine tel une fulgurance, regarde intensément la vie qui bruisse autour d'elle. Sortie de la maison obscure de Cracovie et de la présence obsédante de Zoltan, de ce lieu et de ce père adorés et honnis à la fois, elle se sent submergée par un afflux pulsionnel surabondant, marque d'un sentiment qui lui est largement inconnu : la joie.

Aucun esprit Malin de frivolité n'a ordonné qu'elle soit déposée là, dans ce café – dans celui-ci, en particulier. C'est simplement que tout au fond d'elle, elle croit ressentir les vibrations mémorielles dont il est si manifestement chargé. Le *Café Central* exhale ce parfum-fantôme subtil des rendez-vous littéraires des années 30. Lèna s'y sait touriste mais se sent avant tout sous le coup d'une expérience sensible toute singulière. Elle prend conscience de n'être pas seulement dans l'un de ces « incontournables » d'un circuit dont elle jettera un fier : « j'ai fait » rétrospectif à la face de quelques esbaudis, mais se vit en immersion, en déprise et en prise avec tout un univers qu'on lui dénie. Elle est elle, Lèna, parmi cette jeunesse qui l'observe sans intention particulière, comme elle est cette *une* parmi d'autres, ni plus ni moins. Et cela aussi, c'est un bonheur. Elle se laisse longuement traverser, inspire profondément.

Mais soudain, son père est là, que la distance même ne sait durablement arrêter. Il revient obscurcir ses pensées. Son visage se confond avec la mission. La confond. Puis Madame Sharf, qui donne subitement le signal de départ. L'a-t-elle entendu dans le même temps par-delà ces frontières qu'il ne connaît pas ? L'injonction est pressante : « vite », retrouver cet Oskar Pinkus et remplir la mission, puisque c'est à ce prix qu'elles doivent leur voyage. Puis partir pour la France, cette France mythique où vit son oncle Léo.

Lèna, téléphone en main et sens avivés depuis leur brève échappée, scrute la ruelle bordée de maisons de style baroque, toutes d'une couleur claire, aux balcons croulant sous des jardinières de géranium d'un rouge flamboyant. « Ici ! » Au numéro 5 de la rue se trouve le passage couvert conduisant à la Cour de la Sainte-Croix. Le lieu est en tout point celui décrit avec précision par Zoltan et la maison d'Oskar Pinkus y est posée là, juste à l'entrée du passage. Elle semble comme abandonnée, triste. Les volets du premier étage sont fermés et l'unique fenêtre du rez-de-chaussée, occultée par une tenture noire, ne laisse rien entrevoir.

Basculer de l'absolue beauté de ces couleurs vives à la sinistre façade alerte Lèna, mais n'émeut manifestement pas Madame Sharf. Sac à main étroitement sanglé, elle avance lentement une main osseuse vers le lourd heurtoir en forme de soleil noir lorsque Lèna, postée à ses côtés, tient la moitié minutieusement découpée par le libraire de la lame de tarot symbolisant l'Hermite. La jeune femme manque un instant d'éclater de rire tant ce théâtre lui semble ridicule. À moins qu'il ne la rende trop nerveuse ? Une fragrance trouble l'enveloppe.

Le bois a faiblement résonné sur le silence, mais ce dernier semble ici demeurer en maître. La porte se révèle étrangement entr'ouverte. Madame Sharf pèse alors, la dégage sans autre bruit qu'un faible grincement sur une pénombre épaisse, avant d'avancer à pas comptés. Lèna se fond dans l'allure. Une odeur un peu âcre envahit le lieu. Quelques insectes volants vivent ici.

Les iris se réacclimatent et Lèna et sa gouvernante distinguent en premier lieu les contours d'un séjour de dimension modeste avec, en son centre, une table ronde sur laquelle sont déposées les branches d'un splendide *Nerium oleander* d'un rose fuchsia tirant sur le violet. Madame Sharf s'est immobilisée et a levé la tête comme pour mieux s'imprégner de l'atmosphère – comme pour mieux humer la situation. Lèna s'approche de la table, prend son téléphone et active la torche. La pièce, soudainement, est baignée d'un violent faisceau de lumière jouant avec des ombres épaisses qu'il fait danser.

Laquelle des deux a hurlé ?

Assis dans un profond fauteuil, Oskar Pinkus offre un cou blanchi, des yeux révulsés et une bouche grande ouverte débordante des feuilles du laurier mortel. Une main crispée sur la seconde moitié de la lame de l'Hermite, l'homme, pour l'éternité, les attend.

Ainsi soit-il !

Quatrième jour

Six heures du matin.

Dans la crypte de L'Île Barbe, Zoltan se repose dans l'un des espaces somptueusement aménagés par Léo dans les ruines. Du moins en donne-t-il l'impression. Des tentures en velours pourpre sont tendues le long des murs délabrés. Partout, des tapis de soie recouvrent le sol de terre battue. D'impressionnants chandeliers de plus d'un mètre de hauteur sont disposés aux quatre coins de la pièce. Contre le mur le plus éloigné de l'entrée est disposé un lit à baldaquin aux motifs et aux formes adoucis par un voile qui délimite les ballets de chauves-souris et tient les buveuses de sang en respect. La mousseline flottante est elle-même recouverte d'une courtepointe, du même velours pourpre que les tentures. Seul le plafond est apparent, qui laisse choir, d'un rythme lent, de lourdes larmes d'humidité. Léo est un esthète.

Un grognement sourd, presque un gémissement, perturbe le calme apparent de Zoltan. Némésis est assis à côté de son maître, tient une laisse dans sa gueule. C'est l'heure pour Némésis, celle où l'ile Barbe est exempte de ces bipèdes trop curieux et trop peu soucieux de quiétude. Le molosse est impatient. L'atmosphère, dans cette crypte, est étouffante, et nul autre que Léo n'aurait eu l'idée macabre d'y séjourner. Némésis n'aurait supporté bien longtemps vivre sous terre sans les balades matinales à l'air libre et Léo n'aurait pu songer vivre dans son antre sans Némésis. Le maître s'empare de la laisse et entreprend de la relier au collier de Némésis, qui piétine de joie, compliquant la tâche. Les mains de Léo tremblent sensiblement. Une fois l'affaire réglée, l'organiste dit d'une voix blanche à Zoltan qu'il sort faire prendre l'air à son chien. Zoltan demeure impassible.

Dehors, une brume s'est largement associée à l'aurore naissante et nimbe l'île d'un voile d'irréalité. Léo a ralenti son pas un peu trop rapide, puis il s'est arrêté. Il a pris une profonde respiration de soulagement avant de lâcher Némésis, qui a fondu joyeusement dans l'épaisseur d'un monde grisé vivifiant, grisant. Léo ferme les yeux et sourit : Zoltan est hors de portée pour un temps. Il se saisit de son téléphone. La veille au soir, l'appareil a enregistré un appel silencieux en provenance de Vienne. Un appel de Martin, son ami libraire. Il active un rappel et chuchote, comme s'il n'était pas seul : « Martin ? Désolé pour hier soir, Martin... Zoltan me collait aux basques. Alors, c'est fait ? Il n'aura pas souffert, j'espère... Regrettable dommage collatéral. Son malheur fut d'être le seul à pouvoir fabriquer ce jeu de trente-deux pieds. Le laurier agit très vite, il n'aura pas souffert. Écoute, il est trop tard pour nourrir des remords, ou trop tôt, peut-être... Il faut maintenant que j'organise l'arrivée de Lèna. Et surtout ne t'inquiète pas, personne ne pourra établir le lien entre nous. Tu as fait pour le bien, sache-le. Oublie-moi, efface mon numéro. Ne m'appelle plus. Reprends ta vie de libraire respectable. Adieu, l'ami.

Léo siffle Némésis, redescend dans la crypte sans faire de bruit, entre dans la pièce où, par chance, Zoltan s'était endormi, mais le souffle humide de la truffe de Némésis sur sa main le réveille en sursaut. Il éructe :

— Si tu ne dresses pas ton bâtard, crois-moi, je saurai m'en occuper moi-même !

Léo, d'un geste, rappelle Némésis à l'ordre. Zoltan se lève d'un bond et sort de la crypte pour appeler Lèna. Léo laisse Némésis à l'entrée de la grotte et la quitte à son tour, traversant d'anciennes travées formant une galerie d'arcs qui reposent sur des colonnes sommées de chapiteaux romans. Sur le sol demeurent les vestiges d'une splendeur anéantie par d'innombrables pillages. L'une des pierres marquées d'une croix signe la fin de la galerie. Léo est arrivé devant l'entrée d'un nouveau caveau obstruée par une double tenture noire, le rendant invisible à qui oserait s'aventurer. Ici trône un sablier, qui occupe presque tout l'espace. Le second. Derrière celui-ci, à peine visible et cependant impressionnante, est posée, sur un lutrin surdimensionné, une gravure du dieu égyptien Thot. À côté, l'athanor de Léo, au fond duquel demeurent visibles des traces récentes de combustion. Sur une pierre, des ouvrages de l'alchimiste Fulcanelli, et sur une autre, comme dans l'espace de vie de Léo, une planche où sont disposées des fioles et un crâne. Sur l'un des murs, la lame géante de la Maison Dieu. Et sur un autre, une gravure ancienne représentant l'antre d'un alchimiste, avec cette inscription : « La matière du Grand Œuvre est l'Or et l'Argent, unis au Mercure et préparés d'une manière spéciale. Ces matériaux, étant respectivement du Soufre, du Mercure et du Sel, préparés selon certaines procédures et placés dans un vase de verre dans l'Athanor ».

Un maillet en métal à la main, Léo s'approche du sablier, et, frappant violemment sur le verre qui éclate en milliers de parcelles étincelantes mêlées au sable rouge, murmure : « tu n'as plus aucun rôle désormais ». Il avance de quelques pas vers l'angle le plus obscur du caveau. Le voici face à un second lutrin sur lequel est exposée une photographie. L'image est celle d'une très jeune femme aux yeux immenses, d'un bleu qui n'appartient qu'à elle, et à nulle autre. Ses cheveux tressés, d'un blond lumineux, laissent échapper quelques mèches sur son front diaphane. Après quelques instants, l'organiste prononce quelques mots à haute voix :

— J'essaie de la protéger, mon amour, mais j'ai besoin de toi. Seul, il m'est impossible de lutter contre Zoltan. Je t'en supplie, fais-moi un signe afin que je comprenne à quoi il me faudra encore renoncer.

Léo est interrompu par un hurlement. Sa puissance est telle que vacillent les flammes. Léo sait pourquoi le Maudit crache ainsi, mais lui ne sait pas que Léo sait.

Le voile d'Isis

Cinquième jour

Dans la maison de la Montée du Gourguillon, Madeleine, revenue de l'Île Barbe dans un véritable état d'épuisement émotionnel, rejoint Irina de Veuveselle dans le grand salon. Fébrile, elle se doit cependant de rendre compte dans les moindres détails de sa confrontation avec Zoltan et Léo. Alors elle parle vite, dit, haletante, redit, cherche respiration, bégaie, s'émeut de s'entendre transposer, en torrents de sons, d'hésitations, de mots, ses plus intimes désordres, sans en pouvoir rien juguler. Mais tant bien que mal, elle parvient à raconter, à exprimer ses doutes, ses peurs, sa lassitude, aussi.

Tête baissée, Irina demeure immobile, ne trahit aucune émotion. Hiératique, elle tient un lourd grimoire dans les mains. Un long moment s'écoule, puis, toute de lenteur, la Papesse lève la tête comme à regret. A-t-elle sciemment retardé l'instant où elle croiserait le regard de Madeleine ? Son émissaire croit percevoir comme une lueur de commisération lorsque sa voix, singulière, grave et douce à la fois, se fait entendre :

– Peut-être sommes-nous allées trop loin, Madeleine…

– Trop loin ? Mais que me dis-tu là, Irina ?… Toute notre vie, depuis notre rencontre, n'a été orientée que pour ce qui advient. Tu le sais ! Nous sommes au cinquième jour, et les sabliers sont renversés.

– Je ne sais plus très bien, Madeleine, et c'est bien là toute l'ironie de la situation. Pour mon cher compagnon Joseph, pour toi, pour Aurélien - puis pour Léo, plus tard, dont tu viens de me brosser ce terrifiant portrait d'un être ayant fait allégeance à Zoltan –, j'ai été « celle qui sait ». Mais il est à craindre que je n'aie jamais été que celle qui sait qu'elle ne sait que bien peu, voire rien. Vous êtes-vous seulement interrogés, durant toutes ces années, quant à ce que j'étais censée savoir ? S'agissait-il uniquement, pour chacun d'entre vous, de suivre la guide d'un aveuglement ? Et mes moyens occultes ? Ne penses-tu pas qu'ils puissent éclairer bien moins qu'ils n'occultent ? Mais peut-être vous dites-vous que je suis la seule à connaître certains secrets. Assurément! Mais leur signification, m'est-elle connue ? N'aviez-vous pas avant tout besoin de m'attribuer un pouvoir, fût-il illusoire ?

Madeleine est submergée d'émotions, incapable de considérer que tout ce par quoi elle tient en équilibre puisse s'effondrer ainsi, aussi subitement. Aussi désespérément. Elle n'a jamais su ou voulu concevoir autre chose que l'invincibilité de l'autorité tutélaire de la Papesse, alors un sentiment de vide, abyssal, l'étreint. La Papesse ne peut si soudainement s'affaisser sur elle-même, se recroqueviller telle une créature dont l'envergure n'eut été dressée que d'argile frustre. La voix de Madeleine est implorante, elle se brise. L'alliée ne peut contenir de chaudes larmes lorsqu'elle s'écrie :

— Tu ne penses pas sérieusement ce que tu dis là, Irina. Nous n'avons eu de cesse de donner un sens hors du commun à notre existence !

D'un geste tremblant de la main, Irina supplie Madeleine de bien vouloir cesser, sans délai, de lutter. Puis elle questionne :

— Et que reste-t-il de ce sens « hors du commun », aujourd'hui, Madeleine ? Quel sens, dis-moi ? Une simple lame de tarot ? Cette lame que je suis supposée incarner ?... pardon... : que « la Papesse » est supposée incarner ? Sais-tu qu'originellement, le « Pape » symbolise le père nourricier ? Vous ai-je donc tant nourris ? Dis-moi, Madeleine, te sens-tu rassasiée ? Allons !... qu'est-ce que tout cela ? La Papesse, ou vous tous... : n'aurions-nous pas simplement omis de refermer l'âge des jeux de rôle adolescents ?

— Comment est-ce possible, Irina ? Tu jouais donc un rôle, tout ce temps ? s'écrie Madeleine. Irina rétorque, évitant de nouveau de soutenir le regard suppliant de Madeleine :

— Dois-je te rappeler que nous jouons tous un rôle, Madeleine ? Mais s'il s'agit de tenter de te répondre au mieux, disons que je jouais sans vouloir voir que je jouais. En sincérité, je jouais, chère Madeleine... De la même façon que s'engage à jouer *en vérité* qui a passé un pacte fictionnel. La Papesse, son grimoire, ses deux clefs, le voile d'Isis, et les disciples disciplinés n'auront été rien de moins que les victimes consentantes d'une vaste mystification au long cours que nous avions-nous-mêmes conçue – que nous nous sommes nous-mêmes infligée. C'est à croire que nous ne voulions ou ne pouvions accepter de n'être que de simples sujets du monde profane. Et c'est donc en parfaits orgueilleux que nous avons pensé être appelés à être des élus, des démiurges. Et quelle élection !... Une vie de recluses, voilà bien le seul vrai sort hors du commun que nous avons su gagner !

Et voici que Madeleine s'effondre debout. Les paroles d'Irina ont agi comme de violents projectiles. Elles ont détruit, balayé, une à une et sans concession, aucune, toutes les certitudes qui formaient son socle. Une pensée toute nouvelle l'obsède alors : « Qu'elle se taise ! ». Puis comme s'il était seulement envisageable d'interrompre Irina et comme possédée par l'ivresse de sa propre chute, ce qui demeure d'énergie finissante de

Madeleine s'approche tout près de celle qui n'a plus de nom jusqu'à la toucher, presque. D'un regard, Irina arrête Madeleine, et poursuit :

— Il suffit, Madeleine ! Conserve plutôt quelque force pour affronter la vérité en face dans sa plus simple nudité, car voilà bien la seule véritable initiation qui vaille, et à laquelle nous aurions été bien avisées de nous occuper depuis le début. C'eurent été les seuls degrés à chercher à franchir. Cheminer vers la vérité. L'incontestable lumière, c'est la lucidité.

— Je t'en prie, Irina !...

— Allons, Madeleine !... un peu de dignité ! Si ce n'est à moi que tu la dois, tu te la dois à toi ! Souviens-toi comme tu rêvais de reconnaissance lorsque tu étais cette écrivaine sans guère de suites dans les idées qui s'engouffra à ma suite dans le délire mystique de Joseph. Tu endossas le rôle d'Impératrice de carton comme une miséreuse se serait saisie d'un quignon de pain rassis. Et depuis ce jour où nous constituâmes la Confrérie, tu n'écrivis plus une ligne. Où est donc ton empire ? Tu es toujours là, en ombre portée, guettant mon approbation, anticipant mes moindres désirs. Qu'es-tu devenue, Madeleine ? Un fantôme, une illusion de toi-même. Et à présent que la tragédie que nous avons permise advient, tu viens quémander. Tout cela n'était qu'un jeu, Madeleine ! Un jeu. Alors, certes, nous sommes aujourd'hui au cinquième jour, mais le cinquième jour avant quoi ? Réalises-tu que celui qui fut le funeste metteur en scène de cette mascarade tragique et ridicule à la fois, c'est Joseph ? Joseph, qui se servit de son appartenance à une loge maçonnique du Puy-en-Velay pour instiller en moi le désir de fonder une confrérie et d'en tenir, avec lui, le rôle principal. Il connaissait ma fascination pour les forces invisibles en ce monde. Mais je suis la vraie responsable de sa dérive, car je refusai alors d'être asservie à une discipline imposée, fût-elle initiatique. Sa tentative était un acte d'amour. Il voulait m'avoir, toujours, à ses côtés... Éros et Thanatos... Mais l'amour est une arme redoutable, alors j'acceptai d'enfanter avec lui cette confrérie qui m'entraîna dans ce bal des chimères. J'aimais Joseph, et ce fut là mon errance.

Une fois encore, Madeleine, en vain, tente d'interrompre Irina. Celle qui fut La Papesse poursuit, les yeux cette fois résolument rivés dans le regard de son amie :

— Nous n'allons pas sauver l'humanité, Madeleine ! Zoltan est tout à son œuvre et lui et son instrument, Léo, détiennent un véritable pouvoir. Et ce sablier, ce sablier... Sablier rempli du sable de la Mer Morte dont j'ai moi-même écrit le rythme sous la dictée de Joseph afin, supposément, de prendre un pouvoir sur les Sept jours du décompte qu'il avait activé. De prendre un pouvoir sur la prophétie. Moi, je devais instruire le jeune bateleur désigné par Joseph, Mathias, destiné à se confronter à Zoltan, puis retourner le sablier dès que son instruction aurait été achevée. Mais il peut être temps encore d'empêcher que Mathias soit jeté dans les griffes du Diable du fait de notre irresponsabilité.

— Que pèse donc un Mathias au coeur d'une telle histoire, Irina ? pique Madeleine.

C'est ainsi que l'avait voulu Joseph… Souviens-toi, Madeleine, de la longue lettre qu'il m'avait fait parvenir. Elle contenait des instructions propres à préparer l'arrivée de Mathias. J'ai tout mis en œuvre pour retenir ce jeune homme, respectant en cela la volonté de Joseph visant à l'initier. Mais j'aurais dû être plus attentive… Une lueur furtive traverse les prunelles de Madeleine, ses yeux se plissent un instant, puis elle questionne, d'un ton devenu de nouveau détaché :

— Et Aurélien ? Est-il arrivé de Jérusalem ?

Irina comprend que Madeleine tente de trouver une nouvelle pitance qui pourrait la sustenter quelque peu, peut-être. Madeleine vient de se raccrocher à un fil au-dessus du vide, à un sens à donner quel qu'il puisse être. Irina se pare alors d'une autorité de circonstance :

— Aurélien est bien arrivé. Hier soir. Il est dans son atelier et il se prépare à partir rejoindre Mathias au Puy-en-Velay, comme convenu. Mathias, lui aussi, doit être en route. Va retrouver mon frère, je te prie. Je dois réfléchir aux heures qui viennent.

Madeleine descend pesamment les marches qui conduisent à l'atelier d'Aurélien de Veuveselle. Ses pensées s'agitent, bouillonnent comme l'œuvre au noir en fusion dans l'athanor de Léo, là-bas, dans la crypte de l'Île Barbe. Léo, ce prodige au visage d'ange, lui était apparu dans l'encadrement du portail occidental de l'abbatiale Sainte-Foy à Conques, il y a plus de vingt ans de cela. Il répétait sous la direction d'Édouard Commette, à quelques heures de sa première prestation d'apprenti organiste. Elle se souvient également de cette jeune femme aux côtés du jeune homme d'alors. Le soleil leur avait tressé un halo en forme de double couronne étincelante. Elle aussi était apprentie organiste. Ils irradiaient de complicité, de beauté et de jeunesse. Elle avait pris Léo sous son aile à Lyon, l'avait même introduit dans son cercle d'esthètes et de mélomanes. Puis Madeleine n'avait jamais revu la jeune femme.

Pour quoi, pour qui, Léo avait-il trahi et fait alliance avec Zoltan, cet être sans âme et sans autre projet délétère que la destruction et le chaos ?

Et Irina ? Sa si précieuse complice de toujours semble avoir perdu la raison. Elle se fourvoie lourdement. Elle s'égare au sein d'absurdes couloirs labyrinthiques d'un passé révolu. Et son élan de sensiblerie soudaine !... Le sort de Mathias ne représente rien ! Le pouvoir de Zoltan, s'il est cruellement réel, repose essentiellement sur l'instrument qu'il s'est donné : Léo ! Et c'est là, précisément, que l'on peut encore agir... – que la confrérie aurait pu encore agir. Qu'elle détenait le pouvoir d'agir. Mais qu'importe, maintenant... Elle ira seule. Car elle n'est pas une inféodée. Irina a tout simplement confondu loyauté et soumission. Elle retournera sur l'Île Barbe. Et elle jettera ses dernières forces dans la bataille, désenvoûtera Léo. L'organiste recouvrera la raison.

Parvenue devant l'atelier du frère d'Irina, Madeleine se demande ce que peut encore chercher à découvrir Aurélien, cet homme de quatre-vingt cinq ans, fatigué, qui a jeté l'ancre à Jérusalem depuis plusieurs décennies. Quel est donc l'objet de sa quête en ces lieux ? Il est un ministre du culte, et à ce titre, il fut chargé du privilège sacerdotal consistant à représenter, à honorer, à ritualiser des rapports intimes, publics, avec le sacré. Mais le sacré a subi de sérieuses torsions, ou plutôt, Aurélien, insidieusement, a profondément révisé son échelle hiérarchique du sacré. À l'espace du sacré, il a adjoint ce qui, pour beaucoup, ne relève que de dangereuses contrées hérétiques. Sa sœur l'y a mené patiemment et il s'y est laissé conduire avec une délectation certaine. Du mystère au mysticisme, il n'y avait qu'un pas à franchir et il fut allègrement franchi. Entre mysticisme et mystification, il n'y avait ensuite qu'un voile ténu et sous ce voile se tenait Joseph Capelette. Joseph Capelette, Madeleine le sait à présent, fut le pape de la mystification. Tous se placèrent sous l'emblème des Fils d'Hiram par sa volonté et sous le charme de la Haute figure charismatique – Hiram, l'architecte du Roi Salomon. Et le prêtre de réserver alors l'essentiel de son engagement et de sa foi à retrouver des vestiges du Temple de Salomon dans la silice et par les pierres. Aurélien se sera égaré dans des dédales allégoriques qui constitueront le ferment d'un processus tout autant secret que promesse d'un aveuglement, les fondations de la Confrérie des Fils d'Hiram ayant été bâties sur du sable par le bâtisseur déchu Joseph Capelette. Une existence tout entière engagée en supercheries élevées au rang d'inébranlable foi. Mais une vie préservée de bien des affres de ce monde pour autant, de laboratoire en site historique, et de site historique en laboratoire. L'illusion sans le cirque, agité, de l'illusion... Et le voilà, à son âge avancé, à accourir dès la première injonction de sa sœur, la Papesse, « celle qui sait ».

Un bruit sourd interrompt le cours des pensées de Madeleine. Du seuil de l'atelier, elle aperçoit Aurélien dans un nuage de poussière. Il y a manifestement un air de majesté en lui comme il œuvre en bras de chemise, ciseau et maillet en main, sur ce qui ressemble pour Madeleine à rien de plus ou de moins qu'une très grosse pierre. Il se tourne vers elle et lui sourit, de ce sourire qu'elle n'a jamais connu – ne serait-ce qu'une fois – sur le visage de sa sœur :

— Madeleine, amie chère... Quel bonheur de te revoir enfin ! Jérusalem est une ville qui exige tant de moi et me donne tant que j'en oublie parfois le temps qui passe. Irina m'a dit sans autre précision que ce serait toi qui m'expliquerais la raison de sa demande impérieuse visant à vous rejoindre, séance tenante. Qu'en est-il ? Je suis intrigué et un peu inquiet, je te l'avoue. Et, tu le sais, ma sœur ne m'a pas habitué à un tel sentiment. Asseyons-nous dans la cuisine, veux-tu ? C'est le lieu idéal pour les révélations. Nous célébrerons nos retrouvailles en partageant un verre de Pinot noir que j'ai apporté dans mes bagages. Celui-ci provient des vignes du monastère de Latroun, tu te souviens ?

— Je me souviens de tout, Aurélien..., dit-elle comme elle le précède dans la cuisine, sortant d'un immense buffet du pain et une terrine de poulet qu'elle avait confectionné en l'honneur de son retour. Elle exprime son embarras :

– ... mais je doute que ces agapes soient aussi heureuses que nous l'aurions souhaité, mon cher. Buvons, cependant, à la joie de ta présence.

Ils interprètent un court ballet complice et s'installent. Puis Madeleine de narrer dans les moindres détails les révélations d'Irina sur la trahison de Léo. De relater par le menu, encore, ce bout de chemin effectué avec Mathias, ce jeune homme de vingt ans comme tombé du ciel tel un oisillon, qu'Irina a entrepris d'initier avant d'être contrainte d'organiser son départ en urgence en terre amie. Ou plutôt, un oisillon pas vraiment tombé du ciel, lui qui fut lié à Joseph Capelette. Le jeune homme ne pouvait qu'être destiné à être retrouvé par La Papesse pour une reprise en main par-delà la mort de Capelette, comme pour prolonger la main du défunt. Madeleine prend le temps. Du temps. Beaucoup de temps. Aurélien fait fonction d'oasis et elle boit la compagnie du prêtre, tout autant qu'elle se déleste, déposée dans l'îlot fraternel. Mais ce temps amical, point ne prête ses ailes à l'espace-temps d'Irina de Veuveselle, dont l'inquiétude s'éveille et enfle au point de la transporter hors de sa sphère. Elle quitte sa chambre, qu'elle abandonne si peu, et – plus surprenant – quitte la trajectoire au puissant sillon immatériel qui la mène tant et tant à l'unique lieu de présentation et de représentation qu'elle connaisse : le salon des honneurs, sis au même étage. Elle fait irruption dans la cuisine et piétine sans égard le nid hors-temps qu'Aurélien et Madeleine ont réussi à se confectionner. Les verres se figent dans chaque main. Abasourdis, le prêtre et son invitée considèrent la robe grenat et les frêles épaules drapées dans un châle en velours vert jade de l'apparition soudaine. Puis les regards descendent un instant vers les pieds menus, chaussés de ballerines ornées de pierreries qui terminent l'habillement baroque, l'accoutrement... *loufoque* pour tout autre regard inéduqué à la déférence compassée dont jouit encore Irina de Veuveselle auprès de sa garde. Indolente, elle s'approche de la table, scrute le sol, le mobilier, le plafond, semble tirer quelque amusement de cet environnement profane qu'elle découvre pour la première fois. Comme elle ne l'a jamais fait, elle tire une chaise et le geste paraitrait presque faubourien, s'il n'est pourtant rien de plus que celui de telle actrice qui serait descendue de scène, et qui, livrée aux coulisses, à son intimité, n'aurait fait que se réaccoutumer à un monde oublié, le temps d'une représentation. Des sentiments confus traversent l'esprit de Madeleine. Visage fermé s'attachant fermement au silence fait, elle sert un verre de vin à Irina, en évitant soigneusement de croiser son regard.

Cette Irina est-elle Irina ? ou une souche devenue creuse d'Irina ? Qui est Irina ? Irina de Veuveselle n'a traversé ces dernières décennies que pour acter cet engagement secret consistant à incarner la Papesse, cette lame de carton tirée d'un jeu, et ce jusqu'à l'épuisement même d'une caricature. Seule. Seule, ou presque. Que dire, en effet, de la place et du rôle ambivalents de Madeleine à ses côtés ? La voici parvenue à ce point d'un vœu et d'un âge, avancé, à s'interroger sur le sens de son engagement. Et c'est lourd de conséquences. Pour elle et pour d'autres qu'elle. Ahurissante, cette mise en question d'une consécration qu'elle avait portée, seule encore, au nom de cet amour sublimé car demeuré stérile – jamais réellement acté, abandonné à courtoisie. Au nom de l'amour ? Qu'importait le nom, en vérité, puisque « seule » en fut le fil et la trame, qui aura résumé cet engagement de paille et obéré d'un aveuglement quelque idée de projet de vie en propre de Madeleine, condamnée consentante à devenir et à demeurer l'inféodée d'Irina.

Seule donc, elle avait tissé cette existence, sans passage par la « véritable » cérémonie d'initiation qu'aurait tant espéré pour elle celui qui fut son unique compagnon, Joseph Capelette. Son refus obstiné signa la fin de leur histoire d'amour rêvé. Mais jusqu'à sa mort quelques mois plus tôt, Joseph lui aura cependant apporté un indéfectible soutien. Désormais, c'est à son frère Aurélien, devenu son ultime recours, qu'elle confie le sort de Mathias et de chacun d'entre eux.

Catharsis

Sixième jour

Ainsi s'inscrit le sixième jour, où chacun se dirige inéluctablement. Vers Conques.

Ainsi s'initie ce qui se doit d'être et ce qui sera d'un septième jour, non moins inéluctable.

Ainsi, et sans qu'aucun n'ait le texte originel en main, à part Irina. Ou plutôt, sans que Lèna, Mathias et Aurélien de Veuveselle n'aient quelque acte ou partition en main.

Zoltan est le maître du jeu. Léo Schmidt, son exécutant, du moins Zoltan le croit-il encore.

* * *

Lèna et Madame Sharf, sa gouvernante, arrivent au Puy-en-Velay après un long voyage en avion depuis Vienne et une brève escale à Paris. Le trajet a été épuisant pour la jeune femme, qui n'avait jamais pris l'avion. L'escale, éprouvante. Lèna a consacré ces quelques heures passées entre deux avions civils à bombarder Madame Sharf de questions, mais les rafales sont presque invariablement venues se briser sur les lèvres efficacement refermées de la vieille dame, qui n'a eu à lâcher que quelques îlots aux contours bien indistincts pour uniques concessions.

Lèna est en éveil. Elle pressent quelque chose d'inhabituel, quelque chose d'encore plus étrange que ce à quoi la vie avec son père à Cracovie l'avait préparée. Cette chose étrange se dessine en tracés progressifs, que paraît matérialiser la présence de ces corbeaux, qui, depuis leur départ de Cracovie, semblent les précéder à chaque étape de leur voyage. Par trois, toujours.

L'attitude de son père, lors de son appel téléphonique de la veille, ne quitte pas la jeune femme. Elle ne sait que difficilement la concevoir et l'idée la tourmente, tenaille sévèrement son esprit. Son rapport adressé à Zoltan de la découverte de leur hôte viennois figé chez lui dans une effroyable éternité cadavérique, ajouté à l'abominable idée que cela ait été le résultat d'un assassinat, n'ont pas manqué, à leur seule évocation, de provoquer d'incontrôlables sanglots. Au point de ressentir un impérieux besoin de consolation, mais Zoltan n'a su que lui reprocher un « manque de tenue », n'a su que l'inviter à « se contrôler ».

Arrachée à ses rares repères affectifs, à son intimité, à ses amis, et cela pour un voyage portant le nom refroidi de *mission* l'ayant conduite à un hôte mort, empoisonné par des feuilles de laurier : tout cela ne représentait donc pour son père qu'une invitation à bien se tenir. L'espace de quelques instants encore, elle songe à cette idée de *tenue* et se dit que la tenue parfaite, pour Zoltan, eût été de se tenir à la manière d'une pierre.

Obéir, comme toujours. Quitter Vienne, avec Madame Sharf, et le rejoindre en France, à Conques. Elle avait bien essayé d'en savoir plus quant au but de ce nouveau rendez-vous. D'en savoir plus sur Conques. Où était-ce, Conques, d'ailleurs ? Pourquoi l'avait-il convoquée ainsi, insistant sur le jour de son arrivée, qui devait être demain et surtout ni avant, ni après ?

Il avait raccroché. Il l'avait laissée seule, comme déposée sur une grève perdue au bout du monde, seule, tant Madame Sharf, d'une présence-absence de toujours presque surnaturelle que Lèna n'avait jamais su s'expliquer, dépeuplait. La gouvernante était tel un corps ectoplasmique soigneusement vidé de toute présence affective. Un corps dévoué à Zoltan et affecté à l'objet Lèna. Seule, avec une créature sans genre ni épaisseur réelle, qu'elle ne parvenait d'ailleurs à se figurer ayant eu un autre âge, aussi loin que remontât son souvenir. Seule avec une créature projetée dans un corps de femme lorsque la référence féminine et la présence, réelles, attendues, eurent été celles d'une mère. Sa mère. Un parent, au moins. Une présence, enfin. Aimante.

Qui avait été sa mère ? Quelle avait été son histoire ? Lancinant, ce questionnement de Lèna sur ses origines n'avait jamais obtenu de véritable réponse. Le récit de Madame Sharf était toujours resté froid, désincarné. Elle avait été abandonnée par sa mère dans un orphelinat, à Nice, lui avait dit la gouvernante. Zoltan vivait à l'époque à Nice et il était un ami de sa mère. Ayant appris par des relations communes qu'elle était morte dans un accident de voiture, peu après son placement, il l'avait adoptée et était ainsi devenu, légalement, son père, Lèna n'ayant plus aucune autre famille. C'était « par bonté » qu'il avait recueilli Lèna – ces mots étaient comme une lame d'acier écorchant la bouche de Madame Sharf dès qu'elle les prononçait. Zoltan l'avait élevée comme sa fille à Cracovie, dans cette maison où lui-même avait grandi.

Lèna avait toujours ressenti un trouble, entendant ce récit répété à l'envi comme on dit une leçon. Aucun détail n'était jamais venu y apporter une réelle crédibilité. Aucun objet ayant appartenu à sa mère, ni même de photos qui auraient étayé son existence. Aucune trace d'elle, pas même un prénom, que Zoltan avait toujours refusé de donner, prétextant tout le mal que pouvait raviver une évocation trop précise de ce temps.

Et son oncle Léo ? Comment pouvait-il être son oncle ? Par quel lien ? Zoltan lui avait toujours dit qu'elle n'avait plus aucune famille.

Cracovie avait été la terre d'enfance de Lèna et les corbeaux qui rôdaient autour de leur maison, sa musique familière. Cette maison aux lourdes tentures occultant la vie extérieure avait peu à peu sclérosé son désir d'accéder à ce « qui suis-je ? » obsédant, que l'absence de fragment d'histoire de ceux qui l'avaient précédée ne permettait de défiger. Alors elle avait progressivement aboli tout ce qui n'était pas son père adoptif. Cette mission qu'il lui avait imposée pour seul horizon était devenue son « quelque-chose », dont tous les tenants et aboutissants, une fois de plus, s'étaient dès l'abord dérobés sous ses pas. Elle se devait juste d'être forte, imperméable aux critiques, éloignée de toute tentation.

Trop de manques, de blancs, de non-dits. Et si elle ne sait comment ni pour quoi, Lèna ressent en son for intérieur le temps très proche où son existence va basculer. Cette sorte de prescience est accompagnée d'une ferme résolution : plus jamais elle ne sera cette oie blanche gavée de sentences et de préceptes, de : « Tu dois », de : « Obéis ». Quitter Cracovie a éveillé en elle des désirs, des sentiments, une conscience de sa qualité d'humaine parmi d'autres semblables – une simple humaine, que Madame Sharf manipule indûment sur ordre de Zoltan. Mais le temps de la manipulation est révolu. Demain, elle l'espère, elle obtiendra des réponses.

Suivant comme toujours les instructions de Zoltan, sa gouvernante leur avait réservé une chambre dans un hôtel à côté de la cathédrale Notre-Dame du Puy-en-Velay. Un chauffeur viendrait les chercher le lendemain matin pour les conduire à Conques. Avant midi.

Léna, enfin seule dans la chambre qui lui a été attribuée, s'apprête à prendre un bain, quand elle est interrompue par un bruit étrange. On tape contre la vitre de la fenêtre entrouverte, qui s'ouvre. Entre un corbeau. La jeune femme sourit. Cette charmante visite sonne comme un bon présage.

D'humeur plus légère et portée par cet esprit frondeur qui commence à poindre, Lèna décide de transgresser les règles édictées. L'une d'elles est de ne jamais déranger Madame Sharf. De ne pas entrer en contact avec elle, si ce n'est à son initiative. La jeune femme sort de la chambre, descend à la réception, demande le numéro de celle de Madame Sharf. Le réceptionniste répond qu'il n'existe personne inscrit à ce nom sur son registre. Lèna insiste. Elle est arrivée avec sa gouvernante, il y a moins d'une heure. Il doit y avoir une erreur. Madame Sharf est montée par les escaliers. Sa chambre doit être située à l'étage juste au-dessus. Le réceptionniste balaie de nouveau son écran d'un regard rapide. Il a bien une réservation de chambre au nom de Zoltan Gabor. Il n'y a pas d'autre chambre réservée à l'étage, en ce moment. Lèna est soulagée. Elle explique que ce nom est celui de son père, qui pourvoit à toutes leurs dépenses. Elle monte. Elle et Madame Sharf vont aller faire une balade en ville, au Puy-en-Velay, c'est décidé. Elle frappe à sa porte. En vain. Elle redescend et demande au réceptionniste s'il a vu sortir une dame âgée. Celui-ci répond par la négative.

Lèna, soudainement troublée, regagne sa chambre. Sa légèreté s'est envolée. Quelque chose, décidément, ne va pas... La jeune femme tente de comprendre ce qui peut autant la perturber – ce qui peut provoquer ce sentiment vertigineux d'être parvenue au bord, tout au bord d'un gouffre. Ses pensées s'agitent et les souvenirs affluent. Lèna se rend compte qu'elle n'a jamais été reçue dans l'appartement de Madame Sharf, situé au rez-de-chaussée de leur maison de Cracovie. L'un de ces innombrables interdits. Elle réalise que jusqu'à ces derniers jours, elle n'avait jamais voyagé avec sa gouvernante. Que leurs chambres d'hôtel, à Vienne comme ici, sont séparées d'un étage. De quels lieux est Madame Sharf ? L'anxiété serre et rétrécit le corps de Lèna, qui titube et s'effondre sur un fauteuil. Madame Sharf et son père. Son père, puis Madame Sharf. Son père... La fenêtre, qu'elle avait pourtant refermée, s'ouvre brusquement, et trois corbeaux entrent dans la chambre, l'entourent, tout en battant des ailes et en croassant bruyamment. L'un d'eux se perche sur l'épaule de la jeune femme. Happée par un dernier débordement émotionnel, elle perd connaissance.

Lignes de failles

Conduit par un ami de Madeleine, Aurélien de Veuveselle arrive au Puy-en-Velay avec quelques minutes d'avance. Il se fait déposer devant la cathédrale Notre-Dame, lieu du rendez-vous avec Mathias. Sur le parvis, une foule de pèlerins se presse, s'agglomère. Tous sont venus assister à la messe et se faire remettre la crédenciale avant de prendre le chemin de Compostelle. Aurélien cherche un très grand jeune homme blond accompagné de son chien, tels que décrits par Madeleine. En vain. Il prend alors plaisir à parcourir les ruelles pentues jouxtant l'édifice familier visité au temps de son noviciat. Il ne manque pas de s'aviser de l'hommage aux Cieux rendu par l'architecture romane, dont l'envergure dépasse son souvenir. La contemplation se mue en admiration, vive, et convoque des flots immenses de sens sacré. Éperdu de lenteur alors, et se lovant tout entier dans un processus ascensionnel à la fois nostalgique et transcendantal, il gravit une à une les marches du large et long escalier qu'encensent de fidèles piliers sculptant l'espace d'intercession. Puis il entre par une trappe ouvrant sur l'autel aux fins de prier, de se relier et de chasser les pensées délétères. Il s'agenouille. Et là, la rencontre a lieu, comme résultant d'une immédiate connexion. Elle réveille en lui ce qui s'était endormi depuis longtemps et laisse un Tout pénétrer, qui ne tarde pas à le submerger. La Présence ineffable dont il s'est tant tenu éloigné envahit soudainement son cœur. Reflue alors une angoisse profonde, qui écartèle un conflit intérieur latent durablement masqué à soi. Et l'homme sans peur de se révéler quasi instantanément à la peur, à toutes ses peurs. Mais le moment n'est pas à envisager une aussi redoutable confrontation à soi, aussi Aurélien de Veuveselle suspend sans délai la violente édification mentale avant qu'il ne croule, avant que la sublime représentation de la Jérusalem céleste ne soit le lieu, tellement improbable, d'une chute à laquelle il n'avait songé un instant en s'agenouillant. Il se relève et s'extrait en hâte de la cathédrale, retrouve la pleine lumière, et avec elle, une relative sérénité.

Il a réinvesti la Place et démultiplie les regards : nulle trace d'une créature ressemblant de près ou de loin à la description de Mathias. Le prêtre se saisit de son téléphone et appelle le jeune homme, lui demande où il se trouve. Celui-ci répond d'un ton joyeux qu'il est dans le car pour Conques et Aurélien se glace instantanément. Mathias se dit heureux de l'entendre. Il lui explique qu'un ami de sa sœur est bien venu l'informer de son empêchement dû à un déplacement important qui ne lui aurait pas permis de le rejoindre à temps. Le jeune homme ajoute qu'il a bien compris que le prêtre le rejoindrait à l'abbatiale le lendemain. Il le remercie pour l'argent du car que lui a remis cet ami, de sa part. Il est en route pour Conques, ravi à l'idée de retrouver Irina et Madeleine. Il demande enfin à Aurélien de les remercier de lui avoir envoyé Zoltan. Il a hâte.

Livide, le regard perdu, Aurélien de Veuveselle redescend les marches. Ses jambes le soutiennent à grand peine. Il se dirige vers le cloître et active d'urgence des mécanismes de défense qu'il a acquis à Jérusalem, lorsqu'il était confronté à un stress violent. La respiration, tout d'abord. La prière intérieure, ensuite. Puissante. Le cycle de panique, peu à peu, s'enraye...

Au bas des marches, Aurélien, apaisé, laisse venir à lui cette parole de la Bible : « *Mon fils, si tu prétends servir le Seigneur, prépare-toi à l'épreuve* ». Aux doutes succède une puissante détermination, dont il avait presque fini par oublier le fondement suprême. « Je suis prêt, Seigneur. Qu'il me soit fait selon ta Volonté. », murmure-t-il comme il entre dans le cloître situé au nord de la cathédrale. Puis il téléphone à sa sœur Irina. D'une voix blanche et après avoir exprimé de premiers soupçons à l'encontre de Joseph Capelette, elle lui demande de bien vouloir le rappeler une heure plus tard, car elle doit contacter Madeleine, puis, surtout, décider de la conduite à tenir.

Une heure qu'il n'avait pas prévu d'occuper à ne l'être point s'offre à Aurélien, dans ce lieu où résonne encore la Parole sacrée qui l'a remis à l'ordre. Il s'abandonne mentalement, déambule dans le cloître inhabituellement désert. Il croit entendre les réminiscences de chants liturgiques des chanoines, qui jadis se réunissaient en ce lieu, et perçoit même une vibration dans l'espace dessinant une harmonie parfaite. Lorsqu'une autre voix s'interpose. Un murmure dans son esprit qui pervertit insidieusement l'enchantement au son de la voix de Joseph, ce faux ami. Il discerne désormais l'image du mentor délétère, et il l'entend. L'homme lui rappelle qu'il se doit d'incarner la lame du Pape. Il lui souffle qu'il en possède le pouvoir – une puissance, même, permettant de contrer Zoltan. Les révélations de sa sœur sur Joseph affleurent de nouveau, qui jettent un trouble profond. Soudain, les cloches de la cathédrale se mettent à résonner. Aurélien y voit un signe divin, qui recouvre une conscience claire. Il n'incarne pas, n'incarne plus, en rien si tant est que cela fût, ce Pape mystique illusoire tout droit sorti du cerveau d'un dérangé fardé en démiurge. Il est prêtre et l'a toujours été depuis son ordination, même s'il a pu s'égarer, longuement.

Aurélien emprunte la Salle des Griffons. À la vue des fresques immenses qui recouvrent les murs, il se remémore ce même émerveillement qu'il avait connu au temps de son noviciat, lorsqu'il les avait admirées la première fois, à en oublier presque la raison de sa présence en ce lieu de prière.

Mais ce jour bien sombre appartient à un domaine séparé que n'inspirent que les forces des ténèbres et porte la menace – l'insulte – incommensurable adressée au Royaume inviolé qui contient toute la création, le miracle tout entier de l'univers. Et ce jour porte un nom, maudit : Zoltan.

* * *

Au matin du sixième jour, Léo Schmidt s'apprête à murer l'entrée de la crypte de l'Île Barbe pour un temps qui ne lui appartient plus tout à fait. Les deux jours précédents furent parmi les plus déterminants de toute son existence. Deux jours pendant lesquels il parvint à dissimuler ses véritables intentions au tout-puissant Zoltan. Son dispositif mettant en jeu des forces redoutables, tel qu'il l'a patiemment élaboré, lui a permis de cacher à celui-ci ce qu'aucun autre n'aurait su occulter. De masquer Hélèna, grâce à qui il a pu mesurer les véritables pouvoirs de cet être non fondamentalement humain. Hélèna, à même d'irradier la grotte de sa lumière sanctifiée. Hélèna, créatrice d'un cordon énergétique les reliant à jamais dans l'entre deux mondes.

S'apprêtant à quitter l'Île Barbe, Léo enrage de n'avoir su appréhender qu'aux dernières heures la puissance de ce formidable lien ésotérique. Tant de tentatives désespérées pour faire passage avec son Amour et transformer la matière en résurrection. Comme cette mèche de cheveu d'Hélèna versée à son athanor, qu'il avait conservée depuis plus de vingt ans telle une relique. « Léo, allons !... une mèche de cheveu ! » Une mèche dont la combustion n'avait engendré qu'une odeur immonde. Comme ces grimoires consultés dans la fièvre, dans l'espoir d'une métamorphose en un être de chair et de sang, qui manquèrent de peu de le conduire aux portes de la folie. Où et quand avait-il commis une erreur ? Quelle ligne de quel grimoire avait-il mal interprété ? Tout tourne... Prises entre les mâchoires d'un effroyable étau mental, les pensées du sorcier confondu se défont plus vite qu'elles ne s'élaborent. Son esprit se délite dans un maelstrom démentiel où le souvenir de Zoltan, tel un mur infini d'ombres dévoreuses, tournoie, tournoie, s'enfonce avec lui, inexorablement. Zoltan... Zoltan et son injonction. Obsédante. Détruire. Détruire Irina de Veuveselle. La détruire, maintenant. Et le visage d'Hélèna. Ensemble, oui... abuser le Destructeur, encore. Encore un peu… « Ce serait fait, Zoltan ! » Mais tromper Zoltan… Ce serait fait. Conques, ensuite. À midi, au septième jour, oui, Zoltan. Puis l'Île Barbe et Zoltan, loin. La crypte, et son Amour, enfin !..

Et Lèna ?

Survivre. Lèna, ultime raison de survivre. Et Léo, perclus, Léo, qui titube. Ses tempes vont exploser comme il esquisse, épuisé, un pas, tout de douleur et de colère. Il ne sait plus, ne sait plus que la seconde grotte et le tableau. Hors de tout repère temporel, l'organiste puise dans ses dernières ressources et parvient à se saisir d'un bougeoir, à allumer une bougie. Il dépose laborieusement l'éclairage à côté du lutrin, puis il perd l'équilibre et s'affaisse, un genou au sol. La lumière tremblante de la bougie éclaire le tableau pendant que son corps achève de glisser à terre. Léo perd un instant conscience, une main accrochée à l'un des pieds du lutrin, d'où Hélèna semble veiller sur lui. Puis la bien-aimée, issue des limbes, sort du tableau. Elle lui prend la main. L'apparition le guide vers un autre cadre, à l'intérieur duquel sont représentés deux enfants, des jumeaux angéliques, qui, eux aussi, se tiennent la main. L'ombre de Zoltan, appuyé contre un chêne, apparait en arrière-plan. Le ciel, couvert, contient trois corbeaux qui fondent sur les jumeaux.

Léo reprend ses esprits dans un sursaut, bouscule le lutrin, qui chute et heurte le bougeoir. Comme pris d'hésitation, l'objet chancelle quelques instants, puis tombe à terre à son tour. De la bougie au sol s'élève une flammèche qui vient lécher l'un des angles du lutrin. Némésis s'agite. Ébahi, Léo fixe la scène et se dit que son hallucination n'en était pas une : cette lumière naissante devant ses yeux est un signe manifeste d'Hélèna. Elle lui demande de ne rien oublier des dernières images qu'elle vient de lui faire parvenir. Deux enfants, trois corbeaux, et Zoltan, en retrait. Une symbolisation de ce qui doit advenir ?

Toutes ces années à tenter de percer les mystères des alchimistes n'auraient donc pas été vaines. Elles lui auraient permis de capter l'esprit d'Hélèna afin qu'elle l'aide à soustraire leur enfant chérie des griffes de Zoltan. Elles l'auraient conduit à cet instant précis. Son ultime tentative, loin d'être un échec, aurait tout au contraire consacré l'ouverture d'un passage vers l'Outre-monde.

Mais qui est ce deuxième enfant ?

Une pleine conscience de la lutte à mener s'est éveillée en Léo Schmidt, mais il n'y est pas préparé. Il se sait désarmé, et aucune de ses formules incantatoires, si complexes qu'il ne sait les décrypter, ne saurait peser, face au dessein démoniaque de Zoltan. Une lutte éperdue l'attend au péril de sa propre existence. Cette lutte est aux Portes. Et sera engagée dans deux jours seulement.

Mais en tout premier lieu, il lui faut sortir de cette crypte. Ses alambics, ses livres et ses formules ne lui sont d'aucun secours désormais. Il n'est pas un alchimiste, mais un simple cherchant bien peu éclairé. Il n'a rien d'un connaissant et il est bien trop seul, même si d'une certaine manière, Hélèna est là. Il est ce cherchant considérablement ralenti par cet épais brouillard que forment ces bouffées de haine, qui, constamment, l'envahissent. Quelle action occulte ou sacrée aurait-il pu espérer maîtriser dans de telles conditions ? La puissance de son amour pour Hélèna et pour cette enfant qu'il sait être sa fille n'auront jamais fait qu'alimenter son ressentiment.

Les flammes ! Léo est brusquement interrompu dans le cours de ses pensées par le feu qui se répand déjà sur le tableau et est tout proche de s'en prendre au visage de sa bien-aimée. Il se précipite et jette de la terre battue. Une fois... Deux fois. Une légère fumée finit par succéder à la terrible émanation régénératrice, qui ne sait purifier, une fois libérée, que par la destruction. Némésis, au lieu d'avoir fui le feu naissant, s'est comporté de façon inattendue, s'accrochant à l'une des chaussures de son maître encore recouverte de terre battue et de morceaux de photo calcinée. Le voilà qui gratte le sol avec insistance au pied de son maître, et même sa chaussure. L'obstination du chien fidèle oblige Léo à reculer d'un pas, et ce faisant, il découvre une enveloppe déposée au sol à l'endroit même où il se tenait, l'instant d'avant. Sidéré, il est persuadé que cette enveloppe n'était pas dans la crypte, jusqu'ici. Serait-il de nouveau sous le coup d'une hallucination ? Il se baisse, s'en saisit et se pourvoit d'un chandelier, allume toutes les bougies et le pose sur son établi. Il s'assoit sur l'une des pierres tombales, seuls sièges de son antre. Némésis le rejoint. Une fois ouverte, l'enveloppe dévoile une lettre et deux bracelets de naissance délicatement enveloppés dans du papier de soie, dont l'un porte le prénom de celle qui lui est si chère, Lèna. Le second prénom est Mathias. Il ne fait pas sens pour Léo, qui déplie la lettre recouverte d'une écriture enfantine, ronde, appliquée.

Nice, le 9 aout 1995

Léo, mon unique amour,

J'étais si heureuse de savoir que tu m'avais enfin retrouvée. Je ne sais pas si je pourrai encore t'écrire. Zoltan a découvert ta dernière lettre, que j'avais pourtant bien cachée. Pas les autres par chance, juste celle où tu me disais que tu pensais à moi et au bébé à venir et que tu allais enfin me rejoindre. Il est entré dans une rage épouvantable. Comment ai-je pu un seul instant l'admirer ? Ce jour-là, à Conques, je n'ai vu que son double, enfin, je sais que tu comprends. Il a parlé de toi avec des mots méchants, des mots glacials et violents. Il m'a de nouveau enfermée jusqu'à l'accouchement. J'ai mis au monde nos deux beaux enfants. Oui, deux, Léo, il y a une semaine. Je saigne de douleur en t'écrivant cela. Je ne sais comment il a fait, mais trois jours après l'accouchement, dans cette clinique privée où on me gardait sous surveillance, on m'a enlevé nos enfants.

Depuis, je suis malade, je perds mes forces un peu plus chaque jour. La personne qui s'occupe de moi ne parle pas bien français. Je ne la comprends pas. Elle est froide et dure. Zoltan n'est venu qu'une fois me voir après la disparition des enfants. Il m'a dit que cette dame s'occuperait bien des enfants, que c'était mieux pour tout le monde, que je suis trop jeune pour prendre soin d'eux. Que je dois t'oublier, que tu n'as jamais existé. Oui, Léo, il m'a dit cela... Tu n'as jamais existé...

J'ai peur pour toi, pour moi. Parce qu'il a rajouté que je devais aussi l'oublier, lui, et « ces » enfants qui ne m'appartenaient pas. Que bientôt tout irait beaucoup mieux pour moi.

Alors, je confie cette lettre à cette dame, la seule à entrer dans ma chambre, Madame Sharf, en espérant qu'elle aura un peu pitié de moi et te la fera parvenir.

Et si tu lis cette lettre, cherche nos enfants, ils doivent être entre les mains de Zoltan.

J'espère te revoir un jour, mon amour.

Ta petite fée, Hélèna

Léo comprend enfin comment cette lettre a mis plus de vingt ans à lui parvenir sans recours à un quelconque enchantement. Zoltan, dès l'origine, l'a mystifié avec les armes les plus immondes qui soient.

* * *

Aurélien de Veuveselle sort du cloitre avant de rappeler sa sœur. Il cherche un emplacement calme, silencieux. Les touristes et les pèlerins ne cessent d'affluer. Ceux qui étaient venus obtenir leur crédenciale se congratulent ostensiblement. D'autres s'interpellent d'une marche à l'autre, se photographient même, abolissant le caractère sacré du lieu alors qu'une messe se prépare. Impossible de demeurer ici, se dit-il. Ses nerfs, déjà rudement mis à l'épreuve, n'y résisteraient pas. Lui revient alors en mémoire ce jardin situé en centre-ville, où, novice, il se rendait avec ses camarades de noviciat, refaisant le monde à grand renfort de conversations théologiques. Aurélien est un bon marcheur et le jardin n'est qu'a vingt minutes à pied de la cathédrale tout au plus. Il savoure immédiatement l'idée d'entamer ce modeste parcours familier. La marche, toujours, accomplit son œuvre, qui lui libère l'esprit. Il se met en chemin, la foulée ample, détendue. La cathédrale s'éloigne derrière lui, comme il descend vers le cœur de ville, ralliant assez rapidement la Place du Breuil. Il y reconnait la fontaine Crozatier et, attendri, y réinterprète le geste de sa jeunesse : s'assoir sur le rebord, tendre les mains, former un puits de ses paumes jointes pour s'abreuver à son eau fraîche. Il sourit un instant devant un enfant qui s'approche et le bouscule, alors qu'il pousse son petit bateau flottant à la surface de l'eau, cherchant à le faire revenir vers le bord.

Aurélien reprend bientôt sa déambulation et dépasse le théâtre pour entrer dans le Jardin Henri-Vinay. C'est là, dans cet écrin de verdure éloigné de la foule, qu'il attend le moment convenu avec sa sœur. Et son esprit un peu plus détendu se met en chemin. Jérusalem... Il se souvient...

C'était il y a fort longtemps. Il avait quitté sa paroisse de Rodez avec regret. Certes, il avait en cela répondu à l'appel de la ville sacrée, mais, avant toute chose, accompli un voyage en Terre d'espérance, vers cette confiance placée en la grâce de Dieu qu'il devait honorer au plus fort d'un engagement, et plus encore après qu'il eut découvert le rêve humaniste d'André Chouraqui, dans son livre intitulé « *Jérusalem - une ville sanctuaire* ». Le théologien y restituait dans toute la lumière le merveilleux temps long de la ville sainte à l'époque du patriarche Abraham. La grande réconciliation serait envisageable ! Aurélien avait écrit à André Chouraqui. Touché par le chemin de foi de ce jeune religieux, celui-ci lui avait répondu, et s'en était ensuivi des années de correspondance. Mais le prêtre ne le rencontrerait pas. Joseph Capelette aurait disséminé, déjà, les ferments d'un trouble dans l'esprit du jeune prêtre.

Dans ce jardin à proximité de la cathédrale, et alors qu'il se prépare à un séjour imminent sous des cieux ténébreux comme jamais, arrimer à nouveau son cœur, en pleine conscience, avec celui qui lui fut ce vénérable maître à penser, l'apaise et le prépare, d'une certaine façon. Il le sait, s'il ne sait comment. Des mots de l'Estimé dansent dans son esprit et forment cet émouvant ballet dont la chorégraphie affaiblit la crainte de ces sombres augures dont sa sœur, à n'en pas douter, sera la triste émissaire. Irina lui annoncera assurément quelque chose de l'ordre de ce pour quoi André Chouraqui n'entretenait aucune espèce de foi : l'inéluctable.

Proche d'un état méditatif, le prêtre se redresse et murmure, tel un psaume, les mots d'une lettre issus de la Genèse, gravés à son cœur :

« Au Commencement, Élohim a créé les cieux et la terre ». C'est la définition de lieux qui naissent par le pouvoir créateur d'Élohim, dont le nom lui-même évoque les puissances créatrices de l'univers. Elles émanent de cet Adonaï, *qui est l'Être qui a été, qui est, qui sera et qui fait être et cristallise le Lieu de la rencontre. »*

Dieu est le *Lieu* de tout lieu, et toute place où l'on se tient est un lieu à révéler à la rencontre puisque le lieu de la rencontre est *Sa* Protection. Le prêtre sourit, car il détient là une clef. Il recouvre cette conversion du regard d'un Avant Joseph Capelette et sa Confrérie des Fils d'Hiram de bazar.

Puis sa soeur l'appelle.

Aurélien écoute Irina. Toute grâce semble l'avoir désertée, au profit d'une peur qui casse son timbre déjà frêle. « Le sol vacille sous nos pieds », lui dit-elle. Le souci en éveil, il s'étonne de se sentir comme nimbé d'une lumière nouvelle que n'assombrissent que peu les mots affolés de sa sœur – il se surprend même à les juger attendus. « Nul n'a su percevoir totalement le niveau de dangerosité de Zoltan ! », s'exclame-t-elle. Et celui-ci n'aura eu « aucun mal à mystifier Mathias le crédule ». Le prêtre questionne sa sœur : que sait-elle lui dire qu'ils ne savent déjà ? La voix qu'il entend s'affaiblit encore et il se sent un peu moins serein. Irina lui explique que les relations qu'elle a su mobiliser durant cette dernière heure lui ont permis de comprendre que la puissance occulte de Zoltan, ainsi que cette action inexorable des deux sabliers devant s'écouler en sept jours, annonçaient une visée « réellement apocalyptique ». Aurélien glisse un : « Allons !... » qu'il veut rassurant, mais il éprouve un sentiment de malaise grandissant. Irina ajoute avoir ouvert le vieux grimoire à l'intérieur duquel Joseph avait déposé un message. Elle n'en ignorait pas l'existence, précise-t-elle, mais avait fait serment de ne l'ouvrir qu'en cas de danger imminent menaçant sa vie ou celle de l'un des membres de la Confrérie. Ce qu'elle a découvert dans ces quelques feuillets écrits de la main de Joseph Capelette, explique-t-elle encore à son frère, est « effrayant ». À ce moment, elle ne sait plus éluder, ce qui ajoute à son effondrement : Joseph, son seul amour, cet initié à la pensée noble et aux actes justes qu'elle a tant vénéré n'était, a-t-elle pu découvrir, qu'un Maître de forfaiture. Des pleins et des déliés, quelques phrases absconses et des observations liées à la recherche alchimique d'un jeune Zoltan et à la sienne propre composent ces lignes. On y lit quelques traits rageurs qui manifestent une importante lutte de pouvoir, voire acharnée, entre eux deux. L'un est déjà bien plus puissant que l'autre en ce temps dont elle n'avait jamais rien su. Joseph Capelette et Zoltan partageaient un atelier dans le Vieux Lyon, à quelques minutes de la demeure de la Montée du Gourguillon. D'incessantes expériences y étaient menées et de redoutables puissances occultes quotidiennement convoquées. Zoltan s'y révélait particulièrement doué et son profil s'affichait étrangement inquiétant, s'il n'avait pourtant rien à voir encore avec celui qui, aujourd'hui, se dresse devant eux tel une âme damnée sortie des enfers.

Aurélien écoute le récit horrifié de sa sœur. Il tâche de demeurer éveillé à l'intuition préconsciente qui l'a traversé, quelques minutes auparavant. Celle-ci tient lieu de précieux îlot de clarté qui pourrait sauver des êtres de la tourmente, veut-il croire. Et il s'y accroche, car sa sœur n'est plus en mesure d'habiter quelque espoir qui pourrait valoir. L'image de Joseph en vient à obséder Irina et paraît presque rivaliser avec celle de la diablerie de Zoltan. L'acrimonie de sa sœur est à son comble : Joseph, ce grand et charismatique gaillard reconnu de tous comme étant ce tailleur de pierres émérite, amoureux de l'art roman, passionné de Soulages, veillant tel un père sur son enfant sur les vitraux de l'abbatiale, n'était en fait, en son for, que cet être enfiévré d'expériences, inversant le geste artistique qui avait sublimé la centaine de lieux translucides d'un passage vers l'au-delà de l'édifice sacré de Conques. Le geste fou de l'imposteur avait rejoint celui de Zoltan, qu'il pensait ainsi combattre sur son propre terrain, soit celui de la création d'un *Homo novus*. L'apprenti démiurge Joseph avait pour cela détourné certaine gnose philosophico-religieuse et maçonnique, à laquelle il avait associé une ritualité d'initiation issue de la maçonnerie spéculative, qu'il avait dévoyée. Là où pour devenir un initié, le profane devait préalablement traverser les ténèbres avant de renaître à la lumière, il ne s'agissait ici que de travailler à façonner dans les ténèbres. De macabres objets étaient mobilisés, tels des ossements et crânes humains, supposés, adéquatement utilisés, opérer. Mais Joseph avait lamentablement échoué, lorsque Zoltan avait dénoncé, échouant tout autant, un outillage conceptuel « trop humain » et l'influence néfaste de Joseph, qui ne savait véritablement s'en extraire, prétendait-il, jusqu'à rendre « stériles », selon lui, les lieux de la pratique.

Denses, les feuillets de Joseph Capelette renseignaient tragiquement, et de bien des façons, mais n'y figurait aucun mot sur les circonstances de sa rencontre avec Zoltan, cet être tellement mystérieux aux allures méphistophéliques. Comment et pourquoi en étaient-ils arrivés à se défier pendant des dizaines d'années ? La création future de la Confrérie des Fils d'Hiram, cette grandiloquente supercherie si durablement entretenue, paraissait avoir été exclusivement nourrie par son hostilité d'apprenti-sorcier en compétition avec Zoltan. Voilà ce qu'il en était, en réalité, de cette mirifique société secrète et parfaite destinée à veiller sur la lumière du monde. Veille et quête initiatique, qui n'étaient pas moins demeurées aussi secrètes que l'était la société – et pour cause, puisqu'elles reposaient sur ce sable asséché d'une infâme tromperie. Tous avaient été mystifiés par Joseph. Et le voile de Maya qu'il avait étendu sur tout un chacun était surimposé au Redoutable. Mais le plus effarant, continua Irina, était encore ce passage tout simplement « incroyable », à proprement parler, qui révélait d'une part la folle intensité des forces à l'œuvre, et d'autre part l'aberrante surnature de Zoltan. « Je t'en prie, chère sœur, respire. », avait doucement ponctué Aurélien avant qu'Irina n'eût dit davantage. L'état de délabrement psychologique et nerveux de sa sœur l'inquiétait de plus en plus. Celle-ci alla chercher profondément en elle le peu de ressource qu'il lui restait et relata cette énième recherche visant à faire émerger une esquisse d'*Homo novus*. Les deux adversaires avaient cette fois décidé de joindre leurs efforts. Zoltan avait très vite pris un ascendant sur celui qui se voulait chercheur à jeu égal. En pratique, Joseph opérait une cuisson lente du plomb dans un four clos selon le principe de digestion alchimique. Le but ultime était d'arriver à la transmutation en un *autre chose*, objet de leurs divagations mortifères. Zoltan assurait une supervision, commentait de façon péremptoire les opérations et invectivait, parfois. Puis il y eut ce moment où il reprocha à Joseph son irrespect des strictes conditions de température à préserver, coûte que coûte, lorsqu'il mit par mégarde une main sur du métal à peine extrait de l'athanor et déposé à l'état de fusion sur une plaque. Il ne l'enleva pas de suite, restant de marbre d'interminables secondes. Puis il la retira, toute noircie. S'étant bien vite rendu à ce fait, Zoltan la masqua aussitôt dans son dos, tout en perçant l'œil écarquillé de Joseph d'une implacable flèche faite injonction sans équivoque à conserver le silence. À oublier l'évènement. Un instant paralysé, Joseph était resté muet mais n'en était pas moins certain de ce qu'il avait entraperçu : la main que Zoltan venait de retirer du métal en fusion n'en était plus vraiment une. On aurait dit une sorte de... griffe de corvidé. Joseph avait tout de suite songé à une manifestation de thérianthropie. Quelques minutes plus tard cependant, Zoltan ne cachait plus cette main qui présentait un aspect tout à fait banal, si ce n'était sa teinte, demeurée noircie. Tel constat pouvait laisser à penser à une hallucination, si bien que le doute s'immisça en Joseph, prenant le pas sur sa conviction première. Il n'avait pu jeter qu'un regard bien furtif sur le phénomène, après tout. Mais il approchait un peu plus tard de l'empreinte laissée dans le plomb durci et découvrait que les contours de celle-ci dessinaient une forme qui laissait manifestement à voir qu'il ne s'agissait pas là de l'empreinte d'une main. Zoltan s'était approché à son tour et avait négligemment rejeté la pièce de métal dans l'athanor. Son associé de circonstance eut alors la certitude qu'il n'avait pas eu la berlue.

Aucun mot n'avait été échangé, mais Joseph avait parfaitement compris qu'il était condamné au secret, sauf à se révéler lui-même sous un jour qu'il voulait laisser dans l'ombre, sauf à mettre le cercle de ses proches en danger. Le pacte d'allégeance n'aurait pas à être signé, il s'était imposé à lui. Et ce ne fût qu'un an après cet évènement, lorsque Zoltan consomma la rupture d'avec Joseph, qu'il trouvait devenu plus encombrant qu'utile, qu'il prononça la prophétie : lui et l'alchimiste auraient dans bien longtemps à se confronter une dernière fois, en une ultime lutte. Cette confrontation serait transposée à l'intérieur de deux jeunes âmes innocentes qui auraient à assumer une part des errances de Capelette et aideraient Zoltan à réaliser une fusion suprême. Le monde saurait enfin que l'innocence est indissociable de la culpabilité, que le bien et le mal sont un même moment de la conscience coupable, et sans disjonction possible, de l'humanité. Que celle-ci doit être dépassée.

Irina cessa de parler. Aurélien de Veuveselle, téléphone suspendu au bout d'un bras ballant, laissa le silence s'installer un long moment. Il savait la place qu'il devait tenir. Il savait et se contenta de rappeler à Irina qu'il s'agissait maintenant de retrouver Mathias au plus vite et de le soustraire aux griffes de Zoltan. Il ajouta que le recours à un exorciste sera probablement nécessaire.

Point n'évoqua le second innocent de la prophétie.

* * *

Après avoir condamné la crypte, Léo Schmidt quitte l'Île Barbe, Némésis à ses côtés, talonné par cette oppressante sensation d'avoir renvoyé sans rémission Hélèna dans les limbes. C'est en son nom, cependant, qu'il se prépare à affronter Irina de Veuveselle aux yeux de laquelle il n'est, il le sait, qu'un infâme indésirable.

Le musicien chemine et s'arrête bientôt à la terrasse du *Café du Soleil* pour lui téléphoner. Il n'attend pas longtemps : Irina répond prestement. Le ton de son interlocutrice respire le mépris, mais elle lui dit qu'elle l'attend. Il ne comprend pas ce qui la motive à vouloir le rencontrer, mais il est satisfait. Une fois le rendez-vous fixé, ils coupent rapidement la conversation sans demander leur reste. Pour lui comme pour le monde, le temps presse et il n'est plus temps d'hésiter ou de reculer. Il devra baisser la garde face à cette femme et faire fi des sentiments contrastés, des rancœurs, puis lui dire la vérité sans fard. En son nom, au nom d'Hélèna. Il s'est mentalement préparé. Longuement. Il est déterminé et n'a de choix que d'emporter l'entière conviction d'Irina et de Madeleine, s'il pressent que cette bataille pourrait être des plus rudes. Ses paroles seront celles d'un paria et d'un abominable traitre, assurément. Comment le leur reprocher ?

Madeleine, visage enclos, est chargée de l'accueil. Toute en prestance anguleuse, elle le précède dans l'escalier, puis repousse devant elle, avec une froide tonicité, la lourde porte de bois précieux du salon. Interprète zélée d'un implacable théâtre de mépris, elle restitue à Léo, en de vastes effluves, tout ce qu'elle peut des affronts dont elle s'est estimée accablée. Tout son corps – tout son être – demande réparation. Puis elle s'efface. Léo passe le seuil et découvre Irina de Veuveselle soutenue par un large fauteuil enveloppant. Elle a revêtu l'habit d'apparat dont la demi pénombre forme un frêle manteau. L'organiste perçoit presqu'aussitôt l'ombre sous la pénombre, et saisit imperceptiblement être en présence d'une femme qui n'est plus que le vestige d'elle-même, mimant d'une conviction fragmentée ce qu'elle peut d'un rôle ancien – *son* rôle, celui d'une vie. Le geste lent, ample, qu'elle lui adresse, forme dans l'air un arc tremblant. Elle a indiqué le siège qui l'attend, sis à quatre ou cinq mètres de son emplacement. Léo avance vers la chaise en considérant les fenêtres hautes dont de lourdes tentures occultantes laissent percer une lumière blafarde. Il s'assoit. La silhouette diminuée d'Irina de Veuveselle lui laisse cette impression glaçante d'une existence tout entière qui aurait été momifiée au creux de ce fauteuil. À sa droite repose sur un guéridon un grimoire grand ouvert sur lequel ont été déposés quelques feuillets mobiles. À sa gauche, une table basse. Y sont placés une carafe en cristal, un verre à pied ainsi qu'un téléphone d'un autre temps, mais aussi du papier vélin et une plume d'oie dans un encrier. Spectateur de toute cette longue mise en scène compassée, Léo Schmidt se surprend à esquisser un sourire triste : tout un monde rabougri semble vouloir résister à un effritement total imminent.

Irina est restée muette. Madeleine pénètre dans le salon et se montre cette fois effacée. Elle s'en va rejoindre Irina à pas feutrés, lui glissant à l'oreille quelques mots dont filtrent quelques harmoniques suraigües. Puis elle effectue quelques petits gestes et s'en va se coller contre la porte. Cette Madeleine-là est inconnue de Léo.

Près de cinq minutes, peut-être, se sont écoulées, et si l'objectif de ces différents tableaux a été de déstabiliser l'organiste, cela n'a pas été complètement vain, mais guère de la façon attendue : cette comédie afflige Léo plus qu'elle ne l'impressionne.

Résolument silencieuse toujours, Irina l'observe, et il se décide alors, le premier, à introduire la rupture. Il n'a déjà que trop attendu. Il faut en finir. Il s'éclaircit la voix, puis débute son monologue par le jour où, pour la première fois, il rencontra Zoltan à Conques. Quelques minutes, tout au plus. Quelques maudites minutes au cœur d'un enchantement amoureux, puisqu'il fut mis en présence de l'abominable créature au moment-même où son existence allait à jamais percuter celle d'Hélèna. Jeunes apprentis organistes alors, Hélèna et lui répétaient dans l'abbatiale en vue d'un concert. À l'occasion d'une courte pause pendant laquelle l'organiste en chef accorderait l'orgue, ils étaient sortis sur le parvis.

Léo, déjà s'interrompt, le regard égaré. Un silence se réinstalle, l'instant d'un frisson parcourant sa colonne de haut en bas de son dos, qui se tend. Il a cru sentir de nouveau la main d'Hélèna dès cette première évocation, lorsqu'elle frôla la sienne par mégarde alors qu'ils descendaient les marches de l'édifice sacré. Il a revu le regard d'enfance de la toute jeune adulte offert à son œil, cette lueur si singulière de l'unique amour de toute son existence, disparu à vingt ans. Elle est venue à lui, une fois encore. Mais le musicien garde à l'esprit que ce luxe d'un refuge affectif, s'il est douleur et bonheur à la fois, lui est pour l'heure interdit. Il se doit de demeurer dans le présent alourdi et reprend pied avec ce salon comme muséifié, où il se tient et où se corrompt lentement l'ombre Irina de Veuveselle. Il ne juge pas utile de la regarder, ressentant son écoute diffuser, enserrer, resserrer tout l'espace autour de lui. Il reprend son récit et convoque rapidement ces deux enfants dont il est le père – il le sait désormais. Il raconte. La lettre d'Hélèna qui aura mis plus de vingt ans à lui parvenir… Des jumeaux, lorsqu'il avait pensé durant toutes ces années n'être le père que d'une fille. Sa fille, dérobée, enlevée par Zoltan qui se fit passer – l'immonde ! – pour sa seule famille. Un rapt précédant très certainement un assassinat. Lèna, Lèna, sa fille… Hélèna… Et le jumeau de Lèna ? Qu'est-il advenu de ce fils, dont la pensée n'est que torture ajoutée à la torture ? Il l'ignore. Artisan de sa souffrance de plus en plus insoutenable, Zoltan aura tout orchestré, tout, de la perte fondatrice d'Hélèna à ces abominables découvertes. Tout cela pour semer le chaos, pour attester de son pouvoir sur toute chose et de sa marche inexorable.

Il relève la tête en direction de Madeleine. Elle n'est plus qu'une ligne filiforme obscurcie incrustée dans la porte. Il explique que cette fidèle Madeleine n'aurait pu percevoir d'autres signes que ceux de sa trahison sur l'Île Barbe, ajoutant que ni elle, ni Irina n'auraient été en mesure de déceler ce qui l'animait. Il avait voulu les protéger et poursuivre seul ou presque ce projet fou consistant à détruire ce monstre, définitivement, au nom des relations qui les avaient réunis par le passé. Oui, il avait cru détenir la clef qui précipiterait la chute de Zoltan et se répétait de façon obsessionnelle qu'il n'était pas cet instrument sans défense qu'avait été son pauvre amour. Que Zoltan avait besoin de sa compétence pour conduire à son terme son terrible scénario de destruction.

La fièvre a saisi Léo. Mu par un élan soudain, il se lève, si brusquement qu'il renverse sa chaise. Il avance vers une Madeleine comme statufiée, tête haute, regard lointain comme perdu dans les abysses d'un monde absent.

— Ne vous demandez-vous donc pas comment j'ai fini par revoir Zoltan, Madeleine ? Car c'est grâce à vous, si vous l'ignorez encore. Souvenez-vous, ce soir-là, après le concert… Hélèna, à l'invitation de Zoltan, s'était assise sur une des marches de l'abbatiale. Moi, je la dévorais des yeux, en retrait. Vous étiez venue nous féliciter. Louer notre talent. Vous aviez ajouté que vous espériez avoir le plaisir de nous accueillir un jour à Lyon, où vous possédiez une résidence. Après dix années, je finirais par répondre à votre invitation. Vous m'accorderiez une grande attention, une grande confiance, m'introduiriez dans votre cercle d'initiés, puis, quelques mois plus tard, auprès de Joseph Capelette. Vous souvenez-vous, Madeleine ? Mais vous n'auriez pas dû. Joseph Capelette a su me faire avouer le seul but de mon existence, tant je crus qu'il pouvait m'aider à retrouver et détruire l'Infâme qui m'avait ôté toute véritable raison de vivre. Je cherchais Zoltan depuis des années. Seule la musique m'empêchait de sombrer dans la folie. L'homme s'était pris d'affection pour moi. Il disait vouloir m'aider à retrouver mon enfant et à entrer en contact avec Hélèna. Il ne disait rien d'autre que ce que je voulais le plus au monde entendre... Et il m'a conduit à Zoltan. C'était à Lyon. Pour la première fois alors, je m'exerçais à dissimuler cette haine infinie que je lui vouais derrière un rideau de courtoisie. Ou plutôt de déférence. Le magnétisme du monstre m'impressionnait, mais je commençais à imaginer toutes les façons de le mystifier jusqu'à atteindre mon but. J'aurais beaucoup à vous raconter, Madeleine et Irina, mais vous savez maintenant ce qu'il faut savoir.

Comme une forme d'indispensable respect aux flots qui ont surgi alors, un silence de plomb s'installe dans le salon, dans l'attente, probablement, que ceux-ci aient achevé de prendre possession de tout l'espace. Irina de Veuveselle ne bouge pas. Ses paupières semblent closes. Médite-t-elle ? Le corps en tension de Madeleine, lui, entièrement tourné vers elle, est prêt à bondir. Léo inspire profondément, puis il expire tout ce qui vient, demeure un instant sans souffle, lorsqu'une voix incolore résonne faiblement, paraissant manquer d'air. De premières syllabes, à grand peine parcourent leur chemin jusqu'à l'organiste : « Mensonge... ». Puis une nappe d'épais silence se redépose encore. Et encore : « Joseph fut un chantre de la mystification ! » Irina articule également ces autres mots : « Mystifiée parmi les mystifiés, il fit de moi sa Favorite !... ». L'ombre de celle qui fut d'un tempérament semble récupérer quelque forme et progressivement retrouver le verbe. Elle ajoute à un moment que tout ce qui est advenu depuis – jusqu'à ces heures tellement funestes – n'est que la résultante de l'œuvre narcissique et irresponsable de Joseph Capelette. Cet homme n'a su qu'ouvrir la voie à l'ignominie.

« Et mes enfants ? », lâche d'un trait Léo Schmidt. Irina de Veuveselle dit qu'elle ignorait l'existence de Lèna avant d'entendre les confidences du musicien. Qu'il semble bien qu'elle soit du même âge que ce jeune homme prénommé Mathias. La femme évoque alors le séjour de Mathias en sa demeure, et Léo exulte : « Il est vivant ! » Irina le décrit quelque peu, le conforte quant à la réalité de cette paternité qui vient de lui être révélée.

Sortir de cette maison. Essayer de rassembler ses esprits.

Arrivé dans la rue, Léo Schmidt frotte un instant le sommet du crâne de Némésis et profite, quelques secondes durant, du soulagement éprouvé : Irina et Madeleine savent désormais. Et il sait. Mais deux innocents sont en chemin pour servir le plan machiavélique de Zoltan, et le soulagement, déjà, le déserte... Deux innocents de même sang, en chemin. Deux innocents cruellement séparés quelques heures après leur naissance, et qui n'auront jamais été en contact, ignorant tout l'un et l'autre. Deux enfants privés de la conscience de leur lien gémellaire. Deux âmes neuves désignées jouets d'un pacte passé entre Joseph Capelette et Zoltan. Deux êtres courant vers leur mise à mort. La chair de sa chair.

Et c'est au cœur de ces terres insondables de violentes tempêtes affectives que le nom de l'Infâme s'immisce à nouveau, s'affiche sur l'écran froid. Léo déglutit. « Oui ? » Là résonne, et plus nettement affranchi de quelque émoi que jamais, l'implacable timbre de Zoltan délivrant son instruction : une adresse, à laquelle son *vieux frère* doit se rendre sans délai. Léo réalise immédiatement les abîmes de perdition contenus dans ce qui lui paraît, distinctement, constituer le dernier acte d'une tragédie. L'idée d'une destinée incluant la part qu'il devra y prendre ne l'effraie plus. L'adresse est celle de l'atelier d'alchimiste que partagèrent Zoltan et Joseph. Un redoutable lieu de rendez-vous. Mais Léo sait qu'il n'aurait jamais eu le choix d'un terrain. Ce doit être et ce sera ainsi.

L'atelier est tout proche de l'endroit où se trouve Léo Schmidt. « Par ici, Némésis ! » Escorté par son unique atout - sa seule protection -, l'homme, tout de détermination, se met en marche. Arrivé rue Saint-Georges, il se dirige vers le numéro de voie indiqué par Zoltan et parvient au pied d'un immeuble où il doit rassurer Némésis, qui se montre soudainement agité. Il pénètre dans le bâtiment et s'approche d'une porte à la peinture écrue, vieillie, écaillée, qui semble d'avantage annoncer une cave qu'un appartement. La porte est entrouverte. Léo frappe trois petits coups secs. Il n'attend pas la réponse qui ne viendra pas. Némésis collé à lui, il s'engage, puis descend lentement une volée de trois marches qui donne sur une pièce voûtée aux murs en pierre brute, éclairée par des lampes à pétrole qui imprègnent l'atmosphère d'une exhalaison entêtante. Des tentures noires sur lesquelles ont été peintes des coulures en forme de larmes blanches recouvrent les murs. Sur un portant, une cape et un foulard de soie noire sont accrochés face à un immense miroir sur pied. D'un œil, l'organiste évalue rapidement l'environnement, les provocations symboliques, et fixe son attention sur son hôte, qui vient de se lever pour le rejoindre. Zoltan... L'être tant haï, redouté, est vêtu d'un costume de velours pourpre. Il est ganté de soie noire.

« Vénéneux et sublime », pense Léo. L'Infâme tient une lampe à la main et Léo maintient fermement Némésis par le collier, alors qu'il approche. Zoltan marque un arrêt et prononce les mots d'un accueil :

— Te voici donc, Léo. Nous y sommes ! Ta fière allure me souffle que tu croies désormais tout savoir.

— Peu m'importe de tout savoir, Zoltan, puisque je sais tout ce que je dois savoir. Je sais que tu m'as volé mes enfants et que tu as assassiné Hélèna. Que tu as volé ma vie. N'est-ce pas suffisant ?

— Crois-tu, cher Léo, que je sois étranger au fait que la lettre de ta chère Hélèna ait atterri dans tes mains ?

— Nous nous aimions, Zoltan. Mais ce sentiment n'a aucune sens pour toi.

— L'amour est une fusion improbable tout aussi instable que la haine et n'est donc rien d'autre que ce qui guide présentement tes pas, mon cher Léo. Et qui t'égare. Voudrais-tu qu'il intéresse l'alchimiste ? Que ces choses aient une place dans une quête de perfection ?

— Sache qu'en t'acharnant à faire taire Hélèna à jamais, tu as éveillé en moi une force tellurique !

Zoltan avance d'un pas, et Léo, sans un mot, lui signale Némésis d'une main. Le chien commence à grogner. Zoltan affiche un léger rictus mais s'immobilise. Le musicien poursuit :

— Nous étions encore presque des enfants, Zoltan. Hélèna n'avait plus de famille, moi non plus. Deux orphelins réunis par la musique. Futurs grands organistes. Et follement amoureux. Notre histoire débuta à Conques, sous tes yeux. Et s'ancra à Nice dans cette petite chambre donnant sur la mer. Nous étions pauvres. Pauvres et heureux. Oui, heureux... Hélèna attendait notre enfant. Nous étions persuadés que ce serait une fille. Mais tu as profané notre amour, Zoltan. Tu t'es révélé dans toute ta sidérante beauté d'ange déchu... De quel charme as-tu donc usé pour parvenir à me l'enlever ainsi ? Le jour où elle a disparu, au septième mois de sa grossesse – littéralement disparu ! – j'ai cru perdre la raison. Puis il y eut cet appel. Une fois, une seule. Celui-ci échappa d'ailleurs au Tout-puissant Zoltan, à qui rien n'est supposé échapper... Elle m'apprenait que tu l'avais séquestrée dans une vieille maison. Que tu la laissais seule avec une femme qui ne parlait pas français, ou à peine. Qu'elle avait peur. Alors je n'ai eu de cesse...

Zoltan l'interrompt :

— ... peu me chaut de tels bavardages, cher Léo. Il n'est plus l'heure...

Zoltan esquisse un nouveau pas, et Némésis se met à tirer furieusement sur son collier. Il aboie. Léo retient à grand peine l'animal. Zoltan observe une nouvelle pause. Le molosse se calme. Léo continue son récit :

— Je vais terminer. J'avais réussi, Zoltan, j'avais réussi à retrouver cette maison où tu avais séquestré mon Hélèna. Et à lui faire passer des lettres. Je m'apprêtais à venir la chercher, elle et notre enfant. Mais en parfait florentin que tu es, tu m'as entrainé dans un jeu de piste effrayant. J'ai certes fini par la retrouver, mais – sommet de perversité – trop tard, juste trop tard. Aujourd'hui, c'est toi que je retrouve, et il n'est pas trop tard cette fois. Tu voulais également me retrouver, alors me voilà. Une haine face à une autre...

— Mais tu n'as décidemment rien compris, Léo... : je ne te hais point. L'amour comme la haine ne sont pas un sujet pour moi.

— Puis tu m'as fait entrer dans l'existence de Lèna. Dès le premier regard, j'ai su qu'elle était ma fille. Ma pauvre Lèna, vivant à Cracovie quasi retirée du monde, comme en écho au terrible sort qui, par toi, fut réservé à sa mère. Mais je ne suis pas venu ici pour ne pas entendre tes explications ! Car il y a forcément une raison qui t'a conduit à t'acharner ainsi sur nous !

— Mon projet déborde très largement tout ce que ton esprit saurait raisonnablement concevoir, mon pauvre Léo.

— Alors je dois en finir avec toi !

— Mon projet échappe à ton entendement et ce que je peux, tout autant. Je pourrais te réduire en cendres en un instant, et ton bâtard de chien avec. Allons ! C'en est fini des palabres, cette fois !

Zoltan abaisse sa lampe et la tend tout près du museau de Némésis. Puis il reprend sa progression. Le molosse s'affole, alterne aboiements et gémissements, et recule par petits bonds partiellement empêchés par la main de Léo qui tient ferme et court l'animal. Le musicien céde du terrain, emporté par ce mouvement qui le repousse lentement, mais sûrement, vers le fond de la pièce. Puis Zoltan s'immobilise et relève sa lampe. Le chien s'apaise quelque peu, lorsque le cœur de Léo martèle à tout rompre. Il demeure en tension, scrutant l'œil de Zoltan.

— Vois, Léo.

Zoltan dessine quelques arcs dans l'air avec sa lampe près d'un mur où sont figurées d'immenses lames de tarot : la lame de la Force, les lames de La Maison Dieu, du Diable, et deux lames du Bateleur. La lame de la Force est maculée d'un liquide rouge coagulé, vraisemblablement du sang. La Lame du Diable est entourée par trois corbeaux empaillés, et celle de la Maison Dieu porte un immense point d'interrogation tracé en noir. L'une des lames du Bateleur est presque effacée. Ne subsiste que le chiffre et la lettre hébraïque qui la qualifie. La seconde lame représente un immense soleil noir. Avec une minuscule figuration de la pesée des âmes de l'abbatiale de Conques, ils recouvrent l'illustration originelle.

Entourées d'un cadre noir et occultées par un rideau, que Zoltan repousse d'un geste franc, sont exposées les quatre lames manquantes : celles de La Papesse, du

Pape, de L'Impératrice, de l'Ermite. Juste en dessous, quatre petits cercueils.

Léo demeure un instant silencieux, puis il est pris d'un fou rire nerveux, irrépressible. Zoltan fronce les sourcils, semble pour la première fois décontenancé. Léo, entre rire et colère, se ressaisit quelque peu et questionne, hoquetant :

— Tu te moques de moi ? Le grand Zoltan n'en aurait donc pas fini avec la crise d'adolescence ? Ces lames barbouillées de sang et ces cercueils – tout ce cirque ! –, tout cela est supposé m'impressionner ? Tu n'auras donc pas su imaginer quelque chose de plus élaboré ? Si tu as pu me terroriser, Zoltan – nous terroriser ! –, je sais maintenant qui tu es. Il n'est rien de surnaturel en toi ! Tout, tout, dès l'origine, ne repose que sur une vaste supercherie qui aura prospéré à compter d'une réalité bien moins prestigieuse et pour autant des plus terribles, et cette réalité, tu as su la masquer aux yeux du monde en t'entourant de tout ce triste décorum… La vérité, c'est que tu es atteint de psychopathie ! De psychopathie… Et donc d'une incapacité, la plus totale, à éprouver quelque sentiment que ce soit. Tu es capable de balayer d'un revers de main toute convention sociale, capable de balayer tous les sentiments les plus universels, de te débarrasser d'un simple revers de la souffrance d'autrui. La voilà, la terrible réalité… Et cette pathologie a fini par te transformer en une obscurité grandissante des plus dangereuses.

— Tu es perspicace, vieux frère, sourit Zoltan.

Léo Schmidt ne peut masquer son dégoût, son amertume :

— Et si je ne suis ton frère, il se peut bien que je sois d'une engeance voisine de la tienne. L'assassinat que j'ai été conduit à commanditer, dans l'espoir d'arrêter ton projet démoniaque, m'a fait tomber, moi aussi, dans l'abjection. Et de la pire espèce, puisque Lèna a eu à en souffrir. Mais si je ne me pardonne pas le meurtre d'Oskar Pinkus et le traumatisme imposé à Lèna, tu es et demeure la cause première de notre douleur ! De ma déchéance...

À l'évocation du prénom « Lèna », Zoltan a semblé trahir une émotion et lève des mains menaçantes, lorsque Léo lâche cette fois le collier de Némésis. L'animal se rue d'un trait à l'attaque, sa gueule béante découvrant de redoutables crocs. Comme le chien bondit sur lui, Zoltan, d'un souffle, abaisse vivement les bras tout du long de son buste : un rideau de flammes s'élève instantanément, se dresse devant lui. Lancé dans les airs, le molosse traverse les flammes et retombe deux mètres plus loin sur son arrière-train, se redresse, puis ses pattes glissent frénétiquement sur le sol comme il tente de faire volte-face. Il finit par parvenir à se retourner et se découvre de l'autre côté du mur de flammes, isolé de son maître qu'il appelle en aboiements répétés, affolés. Les flammes s'amenuisent vite et s'éteignent même, comme s'il se fût agi d'un mirage. Zoltan a disparu. Némésis court vers Léo, parvient à ses pieds et aboie de nouveau. Léo, sidéré, avance prudemment de deux à trois pas. Il cherche Zoltan du regard. Tous ses sens sont en éveil. La sueur ruisselle sur ses tempes, lorsqu'il entend soudainement, derrière lui, le chant d'une comptine polonaise. Il se retourne et découvre une vieille femme aux cheveux gris assise sur une pierre. Elle tient un sac sur ses genoux et chante doucement, tout en considérant Léo d'un air entendu. L'organiste ferme les yeux puis il les rouvre. La vieille dame est toujours là. « Qu'est-ce donc que cette sorcellerie ? » pense à voix haute le musicien. La vieille femme interrompt son chant et questionne :

— Un effet de ma psychopathie, Léo ?

Léo Schmidt ne sait se l'expliquer, tant la chose est impossible, mais il reconnaît bel et bien, dans cette voix aux accents androgynes, les intonations si caractéristiques de Zoltan… Cette voix, c'est la voix de Zoltan !

— Pars, Léo. Pars, pendant qu'il est encore temps, alerte calmement la créature.

Léo Schmidt ressent comme un vertige. Il est tétanisé. Puis la voix de la vieille dame change de timbre et se fait plus puissante :

— Es-tu prêt à me défier éternellement, mortel ? *Per secula seculorom* ! Ce que tu crées, je le défais. Ce en quoi tu crois, je le profane. Depuis la nuit des temps.

Léo lève un regard implorant vers la voûte et ne trouve pour ressource qu'un murmure à peine audible :

— Qui es-tu ?

— Es-tu certain de vouloir connaitre toute la vérité sur moi, Léo ?

* * *

Le trajet en car du Puy-en-Velay vers Conques est long. Très long. Près de cinq heures. Mathias a quitté Le-Puy à treize heures. Il reste encore deux heures de route à parcourir. Une vieille dame avec un panier débordant de fleurs est assise devant lui. Un peu plus loin, un petit garçon et sa maman parlent à voix basse. Mathias les observe. La mère, de profil, semble à peine plus âgée que lui. Elle se penche, écarte deux doigts et tord affectueusement le nez du petit garçon, qui se renfrogne et réprime difficilement un rire. Le jeune homme se dit qu'un monde le sépare d'un monde. Que l'évanescence fut probablement sa mère à lui.

Mathias est resté presque seul depuis l'arrêt à Séverac-le-Château au cours duquel un groupe de pèlerins joyeux et bruyants, de retour de Compostelle, est descendu du car. Cette distance prudente l'a soulagé. Il ne supporte guère plus le bruit et la foule depuis son long séjour chez Irina de Veuveselle. Et il se sent plus soulagé encore lorsqu'il songe un instant à Joker, si peu craintif, qui a largement profité d'une agitation certaine pour s'inviter à la fête, lui aussi, bondissant joyeusement de siège en siège pour réclamer attention et caresses, attendrissant les uns, importunant, surtout, quelques autres. Le chauffeur avait fini par sommer Mathias d'attacher l'animal, ou de sortir du car. C'était juste après le second appel d'Aurélien de Veuveselle. Mathias, troublé, avait relâché sa vigilance et laissé Joker sans surveillance. Avec une insistance peu commune, le frère d'Irina lui avait demandé de s'arrêter avant Conques, à Rodez, où il l'attendrait. Rendez-vous avait été fixé à l'arrêt du car. Aurélien de Veuveselle viendrait le chercher pour l'informer d'un événement important qui allait changer, avait-il annoncé, « le cours de son existence ».

Une ombre traverse l'esprit du jeune homme : est-il soulagé, ou sourdement inquiet ? Ce voyage qu'il avait entamé en joie a été lesté d'un poids étrange qu'il n'est pas certain de vouloir. Il ferme un instant les yeux sur la place du Change, mais des questions obsédantes l'arrachent vite du frêle refuge : « Né de qui ? » « Né pourquoi ? » Sans trace, même ténue, de ceux qui l'ont conçu. Le mur d'insouciance qu'il a patiemment érigé pour n'avoir à se confronter à rien d'autre qu'au sentiment d'une liberté a fini par révéler toute sa cruelle inconsistance. Le vide d'une case existentielle, auparavant, n'avait jamais été un obstacle. Il brandissait telle une oriflamme rires et autres pirouettes face à quiconque venait l'empêcher de demeurer en mouvement.

Mathias sent toute la réalité d'un royaume perdu à jamais. Il est parvenu à ce point, qu'il n'aurait su imaginer un instant, quelques semaines auparavant, où il est contraint de rebâtir un nouvel équilibre intérieur. Pour accéder peut-être à un nouveau royaume. Comme une promesse… Il n'est plus que questions : c'est la seule réalité tangible du moment et elle le brimballe sérieusement.

Tout l'avant d'un éternel présent s'est écroulé. Il y a eu Madeleine, Irina, et jusqu'à ce personnage si séduisant, agréable, porteur d'un message d'amitié de la part de cette dame Irina, dont il ne sait définir le lien qui les relie mais qui semble réellement attachée à lui. Attachée au point de lui envoyer ce messager et de l'argent pour aller la retrouver. Mais voilà qu'Aurélien de Veuveselle lui dit, à mots énigmatiques, que ce messager n'est pas qui il prétend être. Que cet homme est dangereux. Qu'il ne doit surtout plus entrer en contact avec lui et ne surtout pas lui répondre, s'il lui téléphone ou lui envoie un quelconque message.

Où sont les Laure ? Où sont ces passantes éphémères qui confortaient sa posture de légèreté durable en lui donnant l'illusion d'une consistance furtive suffisante ? Mathias sent bien que le temps rétrécit et qu'il va cette fois avoir à faire, véritablement, avec la consistance. Que le flottement continu de son existence a définitivement cédé la place à l'interrogation existentielle. Son maître, le vieux Joseph, n'est plus là. Le jeune homme ne se sait plus d'autre voie que de quitter les habits du gamin inconstant et de s'affirmer comme un être en fragile construction. Instinctivement, il se redresse et ses yeux se chargent d'une lumière nouvelle : il se veut prêt à affronter la révélation d'Aurélien de Veuveselle.

Aurélien, lui, arrive à Rodez dans une voiture rutilante d'un rouge flamboyant. Il a parcouru près de deux cents kilomètres à bord de cette voiture de location – la dernière que le loueur pouvait lui proposer, l'avait-il informé. Lui, Aurélien de Veuveselle, prêtre et archéologue au volant d'une telle voiture, à quatre-vingt cinq ans. Il sourit un instant. Puis, s'il ne s'y attache habituellement, il songe l'instant d'après à ce que symbolise le rouge, à l'aune de ce qui l'attend – à l'aune de *qui* l'attend. Le protégé de sa sœur et de Madeleine, cet orphelin de Joseph Capelette bien plus que de ses propres parents, bientôt basculera dans une autre dimension de son existence, puisque les temps sont advenus. Demain, à midi. Le prêtre se chuchote à lui-même : « le lieu de la rencontre est Sa Protection ».

Sa voiture garée sur le parking où doit arriver le car de Mathias, Aurélien décide de s'éprouver physiquement pour évacuer les tensions, dans cette ville où il fut ordonné prêtre. Il lui reste deux heures – deux heures, soit le temps de se préparer, mentalement et spirituellement, avant l'arrivée de Mathias. Dès lors, rien d'autre n'existe plus et marcher lui devient impérieux. Le musée Soulages n'est qu'à une demi-heure à pied d'ici et il décide d'en prendre le chemin. Il se met en mouvement d'un pas vif, qui soulève des souvenirs de jeunesse en lien avec les sublimes vitraux du maître de l'Outrenoir, à Conques, aux temps de ses premiers engagements à servir le Bien.

En ces heures sombres, la plongée silencieuse dans les documents et les œuvres de l'artiste a renforcé sa conviction visant à rechercher un accès déterminé vers le Lieu de la rencontre, au-delà des apparences. Pierre Soulages n'évoquait-il pas l'Outrenoir comme étant cet « autre pays que celui du noir simple » ? Il est en effet un Lieu, par-delà le noir. Le prêtre le veut percevoir, puis l'investir lorsqu'il le faudra.

Aurélien a achevé juste à temps son trajet de retour : le car est là. Mathias, ce jeune homme dont il n'a eu qu'une description sommaire, descend parmi les derniers voyageurs. Il est plus grand qu'il ne l'avait imaginé, ses cheveux sont courts et bouclés, d'un blond pâle ornant un visage ayant gardé les rondeurs de l'enfance. Il est d'une beauté presque « angélique » – c'est le terme qui vient à l'esprit d'Aurélien. Ce visage d'ange, après la révélation qu'il s'apprête à lui faire, aura dans quelques heures basculé dans une autre réalité. Il décide alors de gagner un peu de temps, juste un peu, et se présente rapidement au jeune homme. Puis il rattrape de justesse la vieille dame au panier fleuri qui avait apaisé Joker. Ne s'attendant pas à une telle étrange arrivée, elle lâche son panier pour lui prendre la main et l'embrasser. Tout en essayant de calmer Joker, qui bondit joyeusement autour d'eux, le prêtre retire doucement sa main et serre un instant la vieille dame contre lui :

— Ma chère Marthe, comme je suis heureux. Quand nous sommes-nous vus pour la dernière fois ? Il y a presque vingt ans de cela, je crois, non ? Et comment se porte ce bon Maximilien ? Toujours aussi vaillant ? Et le refuge ?

— Moi aussi, je suis heureuse de vous revoir, mon Père. Mon mari est mort l'an dernier, après les grands froids qu'il y a eu par ici. Je ne savais pas comment vous joindre à Jérusalem. J'aurais tant aimé que vous célébriez une messe pour lui.

— Oh ! je n'ai pas su. Je suis vraiment triste pour Maximilien. Je suis sûr qu'il repose en paix. Jérusalem m'a beaucoup éloigné de ces chers fidèles dont vous étiez, mais aujourd'hui, je suis là, avec ce jeune homme, et nous avons besoin de vous, Marthe. Quelques heures. Au refuge, ou chez vous, si vous voulez bien m'accueillir comme avant.

Aurélien présente Marthe à Mathias. « Madame... » Puis il les accompagne jusqu'à la voiture. Le jeune homme s'assoit à l'arrière, Joker couché à ses pieds, le panier de la dame sur ses genoux. Il se montre circonspect : quelle attitude adopter ? Cet homme – ce prêtre – à l'air gentil, mais il le considère à peine et ne lui a pas dit trois mots, encore. Feint-il d'oublier qu'il l'a détourné de sa trajectoire pour lui faire des révélations importantes ? Qu'il l'a sérieusement inquiété, quand son périple débutait si bien ? Et que signifie la présence de cette vieille dame avec eux ? Pourquoi aller chez-elle ? Lui, c'est à Conques qu'il a rendez-vous. Demain. Enfin, c'est ce qu'il croyait, il y a quelques heures seulement. Après tout, se dit Mathias, ce prêtre doit savoir ce qu'il fait. Il semble bien intentionné, puis il y a fort longtemps qu'il n'a plus rien à perdre, se dit-il encore. Alors il se laisse bercer par le paysage qui défile, jusqu'à apercevoir à un moment un calvaire sur une butte. Mathias est pris d'un vertige. Ce calvaire lui est familier, et cette route, cette route... Ses pensées s'affolent, car il se souvient l'avoir parcourue plusieurs fois avec Joseph.

La voiture s'arrête à côté d'un immense corps de ferme. Aurélien coupe le moteur et descend derechef du véhicule, ouvre grand la portière de sa passagère avec une vigueur qui surprend Mathias. Puis le prêtre s'en prend à la portière arrière pour lui réserver un même traitement. Marthe est descendue et Mathias achève de se déplier.

Le jeune homme jette un rapide coup d'œil circulaire autour de lui. Il reconnait parfaitement les lieux : le hangar, immense, qui sert aussi bien de poulailler que de réserve à foin, les arbres, les massifs de fleur, les deux enclos et le corps de ferme. Puis des sons graves, très particuliers, se font entendre, qui mettent Joker en panique. Le chien se retrouve accroché à la jambe de Mathias. Marthe s'approche de l'animal : « Ce n'est rien, mon petit ... ». Joker se calme instantanément, et la dame lève les yeux vers Mathias, lui dit d'un air attendri qu'ici, tous les animaux sont les bienvenus. Que ce refuge est sa fierté, qu'il existe depuis vingt-cinq ans grâce à des jeunes gens comme lui qui viennent donner de leur temps pour ses protégés. Les sons qui ont affolé Joker sont des cris d'autruches, des mâles – les femelles sont muettes –, alertés par le bruit de la voiture. Il y a aussi des lamas, des chiens, des chats. Mathias regarde Marthe avec insistance et paraît décontenancé, mais demeure silencieux. Aurélien de Veuveselle s'approche et lui adresse un grand sourire, lui dit qu'ils sont à peine à dix kilomètres de Conques et l'informe qu'ils vont passer la nuit ici. Il pose une main amicale sur l'épaule du jeune homme et lui confie, visiblement ému, que c'est un don de Dieu que Marthe soit arrivée par le même car que lui. Il le prie de bien vouloir se montrer patient, qu'ils doivent se reposer d'abord, mais qu'il ne manquera pas de lui dire dès demain matin tout ce qu'il doit savoir. Il le lui promet. Il ajoute encore que ce lieu et cette dame sont à considérer comme une véritable grâce. Mathias regarde Marthe à nouveau, qui s'aperçoit de son insistance et l'interroge :

— Tout va bien, jeune homme ?

Mathias est un peu fébrile. Il se lance, l'œil un peu embué :

— Madame, vous ne vous souvenez pas de moi ? C'était il y a trois ans. Votre mari avait appelé mon maître, le vieux Joseph, pour reconstruire votre puits, celui qui sert à abreuver les animaux. J'étais avec lui pour l'aider. C'était la première fois que je voyais des autruches. Elles m'avaient impressionné et je m'étais comporté comme un gamin. J'avais couru me cacher dans la grange et vous étiez venue me réconforter.

— Ah, mais oui, petit ! Je me disais bien !... Elle rit. Tu n'étais pas encore obligé de baisser la tête pour me regarder. Je me souviens... Tu tremblais comme une feuille. Joseph avait dit à mon mari qu'il t'avait pris en apprentissage et que tu étais très doué. Surtout pour le dessin.

Ils sont interrompus par des croassements. Marthe lève la tête, et Aurélien comme Mathias l'imitent. « Qu'ont-ils, donc, ceux-là ? » Trois corbeaux survolent le corps de ferme en formant des cercles concentriques. Puis ils changent de trajectoire, perdent de l'altitude. Ils se rapprochent de Marthe et de ses invités jusqu'à passer à moins de deux mètres au-dessus de la tête de

Mathias, qui se baisse par réflexe. Les trois volatiles disparaissent bientôt et Marthe exécute un bref signe de croix. Elle demande au prêtre et à Mathias de bien vouloir la suivre jusqu'aux cuisines de la ferme : elle va leur préparer un chocolat chaud. Et leur présenter Luc. Elle admet que si tous les animaux sont bienvenus ici, les corbeaux la mettent mal à l'aise, car ils sont bien souvent annonciateurs de mauvaises nouvelles.

Marthe ne restera pas. Le petit trois pièces adossé au refuge est devenu bien trop inconfortable pour elle, murmure-t-elle à Mathias en lui caressant brièvement la nuque. Aurélien est chargé de la reconduire chez elle, à Rodez, et Mathias est confié aux bons soins de Luc, le fils de Marthe. Ils pourront visiter les animaux. Et les autruches seront ravies des retrouvailles, glisse malicieusement Marthe au jeune homme.

* * *

Le ciel, splendide, s'est laissé pénétrer de pourpre et de bleu-nuit mélangés, intenses. Aurélien est de retour. Il vient de garer la voiture de location, privée à cette heure avancée de son éclat tapageur. Avant de s'extraire du véhicule, il téléphone à sa sœur et lui demande de bien vouloir joindre Léo de toute urgence, lui en indiquant brièvement la raison. Puis il sort et marche en direction de Mathias, qui se tient tout droit dans la cour, mains dans les poches, absorbé dans la contemplation de cette campagne qui lui a manqué bien plus qu'il n'aurait su l'imaginer. Il a apprivoisé sa crainte des autruches, nourri les chevaux, renoué, un peu, avec une part d'insouciance. Elle lui manque aussi.

Combien de temps faut-il pour se rendre compte que l'on ne possède rien et surtout pas ces quantités de sable que l'on a patiemment amassé, modelé, élaboré ? Combien de temps faut-il pour que le château s'assèche, puis s'écroule ? Pour se découvrir soi-même constitué de fragments dispersés qu'il faut tenter de rassembler en quelques semaines ? Alors qu'on a vingt ans et que l'on s'est cru orphelin de tout ? Que l'on s'est senti libre parce que délié de tout lien qui relie ?

* * *

Hanté par les derniers mots de Zoltan, Léo Schmidt sort de l'atelier de la rue Saint-Georges. Il s'assure en premier lieu qu'Irina et Madeleine sont en sécurité et leur enjoint de rester chez elles, de ne surtout pas essayer de contacter qui que ce soit. La nuit commence déjà à tomber. Si son imagination de « mortel » – ce terme lui glace désormais les sangs – ne parvient à concevoir ce qu'il est: l'organiste sait désormais qu'il ne lui reste que très peu de temps pour tenter de contrer le plan démoniaque de ce monstre. Quelques heures, tout au plus.

Tout à sa morgue, Zoltan, peu avant que Léo ne quittât le piège qui avait manqué de se refermer sur lui, rue Saint-Georges, avait remisé l'apparence de Mme Sharf, prenant un dernier malin plaisir à lui indiquer qu'il veillait attentivement sur sa fille et qu'elle était bien à l'abri au Puy-en-Velay, pour peu de temps encore.

Irina a téléphoné à Léo. Il lui faut d'urgence retrouver Lèna avant que Zoltan ne la récupère. Il conviendra ensuite de la conduire au refuge où l'attend Aurélien. Léo est pris de panique : Le Puy-en-Velay est tout sauf un petit bourg et il n'a aucune espèce d'idée de l'endroit où peut se trouver Lèna. Il pianote nerveusement sur son téléphone, jusqu'à dénombrer plus d'hôtels que les doigts de ses deux mains. Mais il n'a pas le choix... Ses terminaisons tremblantes s'activent de nouveau. Un premier appel, en vain. Puis un deuxième. En vain. Un troisième. Nulle Lèna ! Il se prend à prier. Quatrième appel... : rien ! Le cinquième appel annonce enfin sa victoire : sa fille y a une chambre ! La réception le met en contact avec Lèna et il entend la voix de sa fille... Cet hôtel l'a mis en contact avec une indicible émotion, et Léo de pleurer en silence. « Mon oncle ? » Lèna, toute de joie d'entendre enfin une voix bienveillante, se donne immédiatement à entendre, emplie d'exaltation. Elle apprend à son interlocuteur béni qu'elle était en proie à une crise d'angoisse, et qu'elle ne veut plus se plier à « tout ça », que..., et que... Léo lui demande de ne pas s'inquiéter mais la prie instamment de l'écouter, de bien l'écouter. Mais Lèna n'écoute pas, Lèna libère... Léo n'a pas le droit de fléchir. Il élève la voix :

— Tu dois vraiment m'écouter, Lèna, s'il te plaît ! Et me faire confiance, sans poser de question. Je peux te promettre que si tu fais ce que je te demande, les portes d'une nouvelle vie - de ta liberté - te seront enfin offertes...

— Vous commencez à me faire peur, mon oncle...

— M'accordes-tu ta confiance, Lèna ?

— Oui.

— Alors voilà : dès que je raccroche, tu ne parles plus à personne, Lèna. À personne, tu entends ? Sous aucun prétexte. Pas même, et surtout pas à Madame Sharf ! Tu ne réponds plus au téléphone et tu vas te réfugier le plus discrètement du monde dans l'abbatiale juste à côté de l'hôtel. Tu te cacheras dans un confessionnal. Je prends la route pour te rejoindre et serai là dans un peu moins de deux heures. Bientôt, tu sauras tout, ma douce Lèna, je te le promets... Bien !... tu as bien compris ce que tu dois faire ?

— Oui, c'est parfaitement clair, mon oncle, mais s'il vous plaît, ne m'oubliez pas !

Léo, depuis sa voiture, appelle Aurélien de Veuveselle, qui se veut rassuré : il a échangé avec Madeleine et Irina et elles sont en sécurité, du moins l'espère-t-il. Les deux sabliers, même s'ils s'écoulent inexorablement, n'ont plus aucun pouvoir, si tant est qu'ils en aient eu un, un jour. Le pouvoir véritable est dans les mains de Zoltan lui-même. Il s'apprête à agir, sans que ne puisse être anticipé son mode opératoire. Pour l'heure, l'urgence est bien de réunir Lèna et Mathias avant demain et de les protéger.

Fin de partie

Septième jour

Deux heures du matin au refuge. Les voici réunis, ces deux innocents qui se sont effondrés de fatigue sur le même divan en se tenant la main. Différents, mais si semblables... Visages en miroir inversé. Et chacun d'entre eux sait, désormais. Les deux parties du symbolon originel sont réunies. Mathias et Lèna, Lèna et Mathias, reconstitution que même la force la plus délétère n'a pu empêcher.

Aurélien de Veuveselle et Léo parlent à voix basse pour ne pas réveiller les jumeaux, pour préserver à ces presque enfants qui viennent d'abolir, par leurs retrouvailles, le temps et l'espace, quelques heures de sommeil pendant lesquelles eux vont tenter d'élaborer un scénario afin de faire barrage à la folie de Zoltan. Le prêtre interroge Léo. Que lui a appris sa fréquentation de Zoltan ? Qu'est-ce qui le pousse à cette volonté follement déterminée de destruction totale ? Qu'est-ce qui peut justifier un projet aussi inhumain ? L'organiste raconte. Zoltan a semé le trouble dans son esprit, de bien des façons. Pour commencer, cet être ne parlait pas tant de « destruction », à l'origine, mais de « refondation radicale ». Il employait une langue que l'on pouvait avoir envie d'entendre, évoquant régulièrement l'urgence qu'il y avait, selon lui, à détruire des acquis « surannés » ayant perdu tout leur sens, face aux différentes crises, intellectuelle, sociale, civilisationnelle. Le sol s'effondrait déjà sous les pas d'une humanité en décomposition, et cette longue chute qui ne voulait pas s'assumer comme telle était pour lui pathétique au possible. Un tel niveau d'imperfection était une insulte faite à l'univers, disait-il. Son œuvre devait être de détruire une bonne fois le sol originaire pour qu'un nouveau surgissement puisse être. Quant à sa propre présence à ce monde en voie d'écroulement, cela dépassait de loin l'entendement de Léo, avait-il ajouté.

L'homme d'église est stupéfait. Zoltan, désespère-t-il, concentre donc tout de cette rhétorique qui a provoqué maints tragiques effondrements dans l'Histoire longue de l'humanité. Mais Léo ramène vite Aurélien de Veuveselle à un autre ordre de questions pratiques, pour lui bien plus immédiates : le monde étriqué de Lèna, déjà tant travaillé par le chaos qui l'a fondé, va s'effondrer, s'effondrer, totalement. Et que lui dire de la folle irréalité de Madame Sharf ? Aurélien le réconforte : Lèna s'apprête à se voir offrir, en lieu et place, un monde qui fait tout son sens – ô combien ! –, un lieu dont l'amour est le fondement. À ces mots, Léo, loin d'être rassuré, songe à ces autres Enfers qui le traversent de parts en parts. Zoltan ne semble connaître aucune réelle limite. Il peut être ici ou ailleurs en moins de temps qu'il le faut pour le concevoir. L'organiste explique qu'il avait cru déceler ici et là tel ou tel point aveugle chez-lui, tel autre point de faiblesse encore, comme cette peur-panique de son cher Némésis, mais le masque avait fini par tomber à chaque fois, comme si cet être n'avait jamais fait que simuler une part d'humanité. Ce monstre semble avoir eu vue et contrôle sur tout et sur tous depuis toujours, ne connaître aucune faille. Ce fut là la terrible erreur d'appréciation de Léo que d'imaginer le contraire. Zoltan, fallait-il comprendre encore, pensait avoir retrouvé la clef qui lui permettrait de parachever son œuvre de destruction. Et cette clef n'était rien de moins que le Grimoire, cette relique de toujours, incréée, ayant voyagé jusqu'à Joseph Capelette et étant aujourd'hui détenue par Irina de Veuveselle. Joseph Capelette, ce traitre, avait édifié autour d'Irina – autour de son « trône stupide », selon le mot de Zoltan – un cercle infranchissable d'énergie, du moins le lui avait-elle laisser croire, dont seul l'œil qui sait voir pouvait distinguer la sphinge immatérielle qu'il abritait. Cette sphinge protectrice était capable de réduire en cendres qui tentait d'approcher. Rompu depuis des temps immémoriaux à toutes les traditions occultes, Zoltan savait que ni la Confrérie des Fils d'Hiram – si toutefois celle-ci eût été autre chose qu'une mascarade –, ni un tel dispositif, ne pouvaient l'arrêter, lui. Mais il devait d'abord retrouver sa pleine puissance, un temps rendue vacillante du fait de ce sentiment inconnu qu'il avait éprouvé pour une mortelle. La mort qu'il avait dû infliger à Hélèna, afin de se libérer de ce ressenti des plus incongrus, n'avait pas contribué à restaurer pleinement sa puissance, et il avait été contraint de différer son projet de réappropriation du Grimoire. Ce projet, qui longtemps avait été vécu par Zoltan comme étant de moindre nécessité, était devenu obsessionnel. Léo explique que cette obsession a été le résultat d'un jeu patient d'influence au cours duquel il est parvenu à instiller dans l'esprit de cet être infâme ce sentiment d'urgence : « la clef est à portée de main ! ».

Léo n'a voulu à toute force que parvenir à ce temps de la vengeance. Au nom d'Hélèna. Aurélien ne peut réprimer quelques mots visant à exprimer que haine et vengeance n'apportent jamais que « conseils ténébreux ». Léo ne peut guère en disconvenir : ses récits créés de toutes pièces n'ont-ils pas fini par lui échapper totalement ? Amer, il sourit... : sa haine est strictement proportionnée à son amour, et les deux ont agi comme des instruments conjoints ayant redoublé son aveuglement. Aurélien, lui, pose cette autre hypothèse que la haine de Léo s'est probablement nourrie du sentiment de *perte* pour prospérer seule, au bout du compte... Léo ne répond pas. Il ajoute que l'amour a été la seule véritable faille de Zoltan et que la puissance de ce sentiment, comme invité par effraction, a su freiner son ambition destructrice et l'affaiblir même, mais a paradoxalement renforcé sa détermination. Il l'a rendu plus imprévisible que jamais. Plus dangereux.

Zoltan est en chemin. Il est prêt. Il pénétrera dans la demeure de la Montée du Gourguillon et s'emparera du Grimoire. Irina de Veuveselle, si toutefois elle en décide ainsi, ne s'interposera qu'au prix de sa misérable vie. Il trouvera la formule qui, enfin, le libérera du cycle incessant de ses renaissances. Il a traversé les Âges sans jamais être réellement inquiété, s'est tenu auprès des plus illustres représentants humains afin de leur souffler les termes de toutes ces décisions de nature à marquer leur Histoire – soit l'Histoire d'une espèce condamnée dont il se devait de faciliter la Chute. Mais voilà qu'à s'être tant et tant enfoncé dans ce doux ou brutal commerce avec ces créatures, il s'est affaibli au fil des siècles, jusqu'à ce cycle et cette rencontre, où, pour la première fois, il s'est senti comme littéralement happé par ce qui constitue leur faiblesse congénitale. Cette jeune femme Hélèna a été *son* Diable à lui. La tentation de trop. Mais le terme est venu. Zoltan va se libérer. Ses pouvoirs, pour l'heure, ne sont pas tant affaiblis qu'il ne puisse briser la vile magie du cercle derrière lequel se terre la Papesse de théâtre. Il n'est d'humain ni d'invention humaine qui aient jamais su l'arrêter. Et qui s'est interposé a toujours eu à payer le prix.

* * *

Léo, une tasse de café à la main, fait signe à Aurélien de le suivre en silence dans la cuisine où dorment, pattes contre pattes, Némésis et Joker.

— Voici notre seule arme, mon cher Aurélien. Je ne sais réellement comment atteindre Zoltan, dit Léo, abattu comme jamais.

— Détrompe-toi, mon cher ami, rétorque sereinement Aurélien. L'achèvement de son funeste Grand œuvre semble fondamentalement devoir reposer sur la présence à Conques de nos deux âmes innocentes, et nous n'allons pas les lui offrir ! Dieu veille, et le Lieu est le refuge. En préservant ces deux êtres, Dieu sauvera le monde qu'il a créé, car *Il* est Amour. En choisissant de nous défier, et le monde avec, Zoltan n'a choisi rien de moins que de défier Le Divin. Et le lieu que Zoltan a choisi sous la pesée des âmes sera bien le lieu et le moment de la Pesée... Il saura, et nous saurons.

— Nous n'en sortirons pas vivants ! s'écrie Léo.

— Le temps de la pesée en décidera, tempère Aurélien. Lèna doit vivre. Et Mathias. N'est-ce pas ?

Contrit, Léo acquiesce sans hésiter. Puis le prêtre grimace un instant :

— Dans quatre heures, Zoltan sera à Conques, et dans l'intervalle, je redoute terriblement pour ma sœur et pour Madeleine, isolées dans notre demeure, à la merci de ce dément. J'ai appelé Irina avant ton arrivée et l'ai suppliée de se réfugier avec Madeleine dans mon atelier. J'y avais fait installer une porte blindée... Elle était destinée à protéger mes travaux sur le Temple de Salomon.

— Tu as fait pour le mieux, rassure Léo, qu'un nouveau remords assaille.

— Je ne sais, Léo... Je ne sais !

Léo et Aurélien sortent dans la cour de la ferme dans l'idée de prolonger le répit de Lèna et de Mathias, toujours endormis. Ce matin, celui de l'Apocalypse annoncée par Zoltan, leur offre une symphonie de couleurs et de sons. Le ciel se veut indéterminé, parcouru d'accents d'une insondable beauté. Il ne se sépare ni du gris, ni du bleu, ni des teintes orangées, comme destinées à accompagner la stridulation des mésanges et des étourneaux qui se poursuivent joyeusement d'arbre en arbre, ramage couvert, parfois, par cet autre chant plus puissant des deux coqs du refuge. Toute une vie dans sa simple évidence. Il serait tentant pour Léo et Aurélien de se laisser illusionner par cette ode au vivant, si ce n'étaient ces trois corbeaux posés sur la margelle du puits, comme pour marquer un appel des tréfonds. Comme pour donner sa pleine mesure, tragique, à cette journée de bord d'un Monde, ces créatures, en leur habit de nuit, sont perchées sur ce petit édifice restauré en un autre temps par Joseph Capelette. Elles considèrent un instant Léo et Aurélien, juste un instant, puis s'envolent l'une après l'autre, les abolissant de leurs ailes. Derrière la fenêtre de la cuisine, Némésis éructe, couvrant les carreaux de buée. Il aboie avec une telle puissance qu'il réveille les jumeaux.

Lèna et Mathias. Hier étrangers l'un à l'autre, ils se réveillent frère et sœur. Hier étrangers à leur filiation biologique et affective, ils se réveillent comme plus... « complets », abondés de parents jusqu'au plus profond de leur cœur. Mais quelque joyeuses que puissent être ces révélations, elles ont agi tel un tremblement de terre, et la nuit de ces deux jeunes gens a été bien courte, agitée. Questions, des questions, tant de questions !... Mathias est assis à côté de Lèna, sa main dans la sienne. Attendri, il observe sa famille-Lèna comme elle ferme les yeux, illuminée d'un léger sourire et paraissant attendre un nouveau songe. Ce pourrait être un temps heureux. Mais il ne reste plus que quelques heures peut-être avant que l'histoire, la leur et celle de tous ceux qui les protègent et montrent tant de détermination à vouloir les aimer comme jamais, s'arrête.

Léo est venu serrer chacun de ses enfants dans ses bras tout aussi intensément que brièvement, le sourire outré révélant tristesse, puis il est allé signifier à Aurélien de Veuveselle qu'il fallait qu'il aille marcher un peu, tant pour s'aérer l'esprit que pour faire faire un peu d'exercice à Némésis. Il a sifflé l'animal et ils se sont éloignés de la ferme.

Aurélien téléphone de nouveau à sa sœur afin de s'assurer qu'elle et Madeleine sont en sécurité dans son atelier. Irina lui demande de ne pas s'inquiéter et tente de lui intimer, avec le peu de force qu'il lui reste, de ne pas prendre de risques inconsidérés. Puis elle clôt la fin de leur échange d'un inquiétant : « Tout doit finir ».

Le prêtre est chargé de préparer le départ pour Conques, et avant tout d'aller faire œuvre de conviction auprès des jumeaux sans laisser transparaître quelque émotion qui serait trop anxiogène. Une gageure. Il les retrouve dans le salon, perdus dans le regard l'un de l'autre. Ils sont si semblables, si beaux... Ils les invite à s'asseoir autour du rectangle épais en vieux chêne enraciné au centre de la pièce, qui incarne pour lui, en ces instants, une stabilité alliée. Aurélien s'assoit en face des deux jeunes adultes et demeure un moment silencieux, se tournant alternativement vers Lèna et Mathias, le sourire et le regard visiblement émus. Sourcils froncés, les jumeaux ne tardent pas à partager un regard interrogateur avant de revenir à l'homme d'église. Celui-ci s'exprime alors : « Écoutez, les enfants, c'est très simple... », cherchant de la sorte un supplément de contenance. Puis il se fait conseil auprès de Lèna et de Mathias : ils pourront bientôt faire la visite mémorielle de Conques, mais il convient pour l'heure de la reporter à plus tard. Leur père et lui doivent d'abord se charger d'une mission de la plus haute importance à Conques. Le prêtre tente d'associer une chance à cette circonstance, affichant une mine réjouie : ils pourront profiter plus encore de l'accueil chaleureux de Marthe. Puis ils auront tout le loisir de passer du temps ensemble, en parfaite intimité, tant cette bonne Marthe sait se faire discrète.

C'est Lèna qui interroge la première :

— Une mission ?

Aurélien de Veuveselle est embarrassé. Comment a-t-il pu penser une seconde qu'il pourrait échapper au centre du problème ? Il prend alors une profonde inspiration :

— Il s'agit de nous rendre au rendez-vous donné par Zoltan, Lèna.

— Et pourquoi nous on reste là ? s'exclament de concert les jumeaux, se tournant sitôt dit l'un vers l'autre, interloqués par cette concordance subite de voix, inattendue. Ils ont pris un air grave, sont manifestement nerveux.

Aurélien ne quitte pas le regard de Lèna, qu'il sait la plus à même de mesurer la gravité de la situation, si Mathias la ressent d'instinct. Lèna, en effet, porte tout le poids d'un vécu qui se trouve être en relation directe avec le Redouté, alors elle ressent, *et* elle sait.

— Vous ici, c'est notre meilleure chance de contrer le projet mortifère de Zoltan ! s'exclame le prêtre d'un trait.

— Il est dangereux, et il peut vous faire du mal, prévient Lèna. Mathias et moi sommes robustes, et nous pouvons vous aider.

— Nous *voulons* ! complète Mathias d'un ton sans appel. Nous avons trouvé une famille, *notre* famille. Alors on ne peut pas vous laisser comme ça !

Aurélien baisse un instant les yeux et se voit dès lors contraint d'affuter ses arguments, de dévoiler plus avant des tenants qu'il aurait aimé pouvoir épargner à ces deux jeunes âmes. Il regarde Mathias, puis Lèna :

— Écoutez-moi bien, mes chers enfants... – si enfants, vous n'êtes plus vraiment... Je crois que nous vous devons toute la vérité, du moins cette partie de vérités dont nous avons connaissance. Vous comprendrez alors... Je vais tenter de résumer... Zoltan, jadis, a œuvré un temps en compagnie de Joseph Capelette, ou plutôt, devrais-je dire pour être tout à fait juste, Joseph Capelette a jadis œuvré un temps en compagnie de Zoltan ! Un esprit de concurrence féroce s'est vite installé entre eux, jusqu'à ce que Zoltan énonce une prophétie tout autant troublante que mystérieuse, mais que nous ne pouvons aujourd'hui nous permettre de mettre sous le tapis : lui et Joseph, par-delà la propre mort de Joseph, auraient à s'affronter une dernière fois, et Joseph habiterait en quelque sorte, au temps de cet « ultime affrontement », les corps de « deux âmes innocentes ».

— Mais ça n'a aucun sens ! réagit immédiatement Mathias, sourire aux lèvres.

— Je crains que ça en ait, mon adorable frère ! relève tout de suite Lèna, l'air profondément désolé.

Aurélien de Veuveselle explique alors à Mathias que Zoltan ne saurait accomplir la prophétie sans avoir pu réunir les éléments nécessaires à son accomplissement. Puis il s'adresse à Lèna et lui dit qu'elle ne doit pas tant s'inquiéter, dans la mesure où Dieu s'est manifesté, et que tout ce qui va advenir sera placé sous son magistère. Si Léo et lui ont pu les réunir tous deux dans le refuge, c'est bien là le signe que ce lieu est le Lieu de Sa volonté.

Circonspect, Mathias cherche une réponse dans l'œil de Lèna. Celle-ci est manifestement partagée mais elle se résigne, d'une impulsion :

— Très bien. J'espère seulement que vous savez ce que vous faîtes... Prenez garde, et ne nous laissez pas tomber, mon Père, je vous en prie. Mathias et moi vous attendrons ici, c'est promis.

Aurélien se lève et fait le tour de la table, se penche vers chacun des jumeaux et trace un signe de croix – Mathias a un léger mouvement de recul – tout près de leur front. Puis il sort rejoindre Léo.

Léo Schmidt est de retour, accompagné de Némésis, qu'il tient exceptionnellement en laisse. Aurélien approche, et son ami, tel le meneur d'un corps expéditionnaire, lui dit d'une voix tonitruante qu'ils sont à dix kilomètres de Conques, qu'il est onze heures du matin et qu'il faut partir. Aurélien acquiesce, agrémenté d'un sourire, visiblement satisfait de cet élan déterminé de son ami. Trois minutes plus tard, les deux hommes et Némésis sont dans la voiture de Léo.

Aurélien, pendant qu'ils traversent le faubourg, assure le conducteur que les enfants se sont montrés attentifs, compréhensifs. Léo, sans un mot, acquiesce. Ils passent la Porte du Barry, remontent la rue Charlemagne, arrivent près de l'hôtel de ville, où la voiture sera garée. « Allez ! Némésis, par ici bonhomme ! »

Ils se mettent en marche. Le ciel est voilé, la lumière est blanche. Némésis regarde son maître, et Aurélien regarde son ami. Léo tourne la tête, restitue un regard à l'homme d'église a priori soucieux du silence par lui gardé. « Nous sommes seuls, à présent. », glisse le prêtre. Léo rétorque un : « Pas tout à fait », comme il jette un regard complice à Némésis, puis il s'arrête et retire la laisse du chien, le prend par le collier. Ils se remettent en marche. Ils ne sont pas tout à fait seuls, en effet. Une escorte silencieuse se découpe dans le ciel au-dessus d'eux.

11h55 – Lyon

Le ciel, recouvert d'un voile épais. Vêtu d'une redingote noire et d'une chemise de soie blanche à lavallière, l'ombre d'un wakizashi se mouvant au rythme de son pas que masque par intermittence une cape flottante, Zoltan s'avance sur les premiers pavés de la Montée du Gourguillon. Trois corbeaux volent à faible distance de son ombre qui semble glisser sur le pavé. Soudain, un rai lumineux perce le ciel, oblige la silhouette à se protéger les yeux. Les corbeaux se mettent à croasser et s'éparpillent dans le ciel, lorsque trois chiens blancs apparaissent à quelques mètres de là, en amont. Zoltan s'arrête et recule d'un pas. Se retourne. En contrebas, trois autres chiens progressent vers lui. Les signes, puis les chiens. Zoltan ne veut pas se résigner, mais sait qu'il ne peut échapper à l'interprétation qui s'impose : la configuration est défavorable, la situation va lui échapper. Il renonce ainsi à entrer dans la demeure où se trouve la clef de sa libération.

11h58 – Conques

Le portail occidental de l'abbatiale est grand ouvert. Sous le tympan, Aurélien de Veuveselle, une bible à la main, récite à voix basse. Léo se tient à ses côtés, Némésis assis à ses pieds. Ils aperçoivent dans l'édifice une silhouette en soutane blanche. C'est celle d'un prêtre Prémontré, qui répète sur le petit orgue le *Stabat Mater* de Poulenc. *Quis est Homo* envahit tout l'espace. Léo frémit un instant. Fulgurance... Hélèna et lui répètent ce même passage de Poulenc le jour de leur premier baiser, presque au même endroit, où auraient dû se tenir leurs deux enfants. Hélèna veille-t-elle sur eux ? Léo, l'incroyant, prie. Il prie pour que le malheur se détourne.

Qu'en est-il de sa prière ?

Le ciel s'est obscurci, a amplifié le silence, un silence impossible à décrire. A-t-il annoncé ce son étrange ? Un son, qui soudain s'élève de l'un des vitraux de Soulages sis sur la façade située à la gauche des deux amis. Le vitrail semble secoué de vagues, comme s'il fondait et éclatait à la fois, puis il se fendille. Et explose ! Fracas de verre en une gerbe d'éclats brillants comme des diamants noirs, et béance dans laquelle s'engouffrent trois corvidés mêlés à une sorte de nébulosité aux formes changeantes, d'un noir épais, intense. Les trois créatures volantes accompagnent la nuée vers le sol où se tiennent l'homme d'église et Léo Schmidt, qui s'écartent en toute hâte. Les créatures se dissipent et avec elles, le nuage. Zoltan, sublime, est là, déposé sous la Pesée des âmes. Il secoue les pans de sa redingote, puis s'immobilise. Seul son regard demeure mobile, qui s'arrête alors qu'il agrippe les pupilles de Léo Schmidt. L'organiste et Némésis, puis le prêtre, avancent vers Zoltan. Léo ne sent plus ses jambes. Sa main tremble, qui tient le collier de l'animal. Aurélien, lui, ne ressent plus d'autre espace que celui de la Pesée, visualisant mentalement ce démon à l'air narquois qui défie, d'un côté de la balance, l'archange Saint-Michel. Les trois êtres sont maintenant contenus dans une sphère étroite. Zoltan demeure stoïque, le regard encordé à Léo. Puis il s'adresse à lui, le timbre plus bas que jamais :

— Tu as détourné l'instrument que j'avais façonné, Malheureux. Où est-elle ?

— Il n'y a ici d'autre instrument que toi, déglutit Léo.

— Lèna devait parachever le combat intérieur de Joseph, l'emporter sur son humaine faiblesse, effaçant en cela le souffle de Mathias, dont l'existence même menace mon projet de destruction.

— Joseph ?

— Lèna devait enfin fusionner avec moi et achever le processus de fin de mes cycles de renaissance. Mais qu'importe maintenant, puisque la clef détenue par de Veuveselle m'a échappé. Mon projet de destruction n'est que remis, puisque je dois renaître. Et ton existence, mon pauvre Léo, s'achève ici…

À ces derniers mots, Léo lâche Némésis et le molosse se jette d'un bond sur Zoltan, lequel a dégainé son wakizashi. L'animal rencontre la lame qui s'enfonce profondément dans son cou et Némésis s'effondre comme Zoltan recule d'un pas. Le parvis se colore. Le fluide, écarlate, s'écoule, abondamment. « Non !! » Léo se rue sur Zoltan lorsqu'Aurélien, affolé, hèle son ami, son frère : « Non, Léo, non ! » Mais le bras armé de Zoltan a déjà frappé. La lame est soudée au bas-ventre de Léo, dont le regard se brouille, puis se fige. Son corps inanimé tombe dans les bras d'Aurélien. Le prêtre Prémonté se tient au seuil de l'abbatiale, horrifié. Son regard croise celui d'Aurélien qui, gravement, lui indique d'un lent hochement de tête que c'est fini alors qu'il dépose délicatement le corps de Léo au sol.

Zoltan tient encore le wakizashi maculé de sang. Il jette sa cape, déchire sa chemise et s'enfonce le poignard dans le cœur.

Son image se trouble. Un immense et splendide Phoenix aux ailes d'or et aux plumes bleu nuit, serres rouge sang, s'envole, puis tournoie autour de l'abbatiale.

Sur le parvis, la redingote abandonnée par Zoltan.

FIN

Epilogue

Mathias progresse légèrement en retrait, sautille plus qu'il ne marche à travers le long couloir opalin. Puis il s'approche tout près d'elle, tapote sur son épaule droite et se déporte silencieusement sur sa gauche, d'un trait-éclair. « Qui… ? » Elle a immédiatement tourné la tête à droite, évidemment. Et personne, évidemment… Décontenancée, elle tourne la tête à gauche et… eh oui, bien sûr, Mathias !

— Tu as quel âge, mon garçon ? Ça t'amuse vraiment ? questionne Lèna, toute réhaussée d'un rire complice. Elle le bouscule d'une épaule, d'un air d'indifférence. Mathias feint le déséquilibre, lui adresse une grimace de son cru.

Ils marchent un peu encore et parviennent à la borne où on leur a dit de se présenter. Un homme en blouse blanche d'une trentaine d'années évolue à quatre ou cinq mètres de là et les rejoint dès qu'il les aperçoit, leur offrant un large sourire et son bonjour. Lèna se fait maîtresse du jeu, lui indiquant avec empressement le nom de la personne qu'ils viennent voir. Mathias tend l'oreille comme l'homme répond à Lèna :

— La 109, juste là ! À croire qu'il était écrit que M. Léo Schmidt devait vivre ! ajoute-t-il d'un air jovial et entendu. Votre père est sorti d'affaire, mais il ne faut pas trop le fatiguer encore, précise-t-il, devenu soudainement très sérieux. Pas plus de dix minutes, s'il vous plaît.

Table des matières

Cet ouvrage a été achevé d'imprimer
par Présence Graphique, Monts (37)

Distribution (France, Belgique, Suisse, Canada) :
Pollen diffusion
60 rue Etienne Dolet - 92240 Malakoff

Dépôt légal : novembre 2023
ISBN 978-2-493872-07-4
Imprimé en France